5월 18일,
잠수함 토끼
드림

5월 18일, 잠수함 토끼 드림

박효명
전혜진
정도경
정미영
표명희
하명희

우리학교

차례

슈샤인 보이 –박효명 7

손수건 –하명희 43

너의 손을 잡고서 –전혜진 71

생일빵 –표명희 105

분홍 토끼를 위하여 –정미영 135

행진 –정도경 165

발문 과거와 현재 그리고 미래 –이인휘 193

[슈샤인 보이]

박효명

「김순영 꽃」으로 제12회 5·18문학상 동화 부문 신인상을 받으며 등단했다. 한낙원과 학소설상 수상집『세 개의 시간』(공저)이 있다.

소다는 시장통으로 들어섰다. 시장은 물건을 파는 이들의 호객 행위와 가격을 흥정하는 사람들이 내는 목소리, 꼬마들이 왁자지껄 떠드는 소리로 가득했다. 길게 늘어선 좌판을 기웃거리며 걷자 시장 특유의 냄새가 코끝에서 맴돌았다.

"완전히 다르다니까."

자신이 다른 시간대에 와 있다는 것을 가장 확실하게 느끼게 해주는 것이 바로 이 냄새였다. 이곳으로 오기 전, 이 세계와 친숙해지려고 사이언스 팩토리(Science Factory)에서 수많은 시뮬레이션을 했다. 완벽한 과거 고증으로 만들어 낸 정교한 그래픽은 실제로 소다가 와서 본 이 시대와 다르지 않았지만 냄새만큼은 전혀 달랐다. 인공 향료로 만들어 낸 향에서는 꿉꿉하지만 구수하고 눅눅하면서도 달큰한 냄새가 나지 않았다. 그저 꽃처럼 향기롭기만 한 그 냄새가 사실은 얼마나 인위적인지 이곳에 와서야 깨달았다.

소다는 국화빵을 파는 좌판 앞에서 멈춰 섰다.

“이 냄새가 제일 마음에 들어.”

소다는 숨을 깊이 들이마셨다 뱉어 냈다.

“그렇게 냄새만 맡는다고 배가 차냐?”

소다 앞에 선 사람이 혀를 찼다. 어깨에 낡은 나무 구두통을 멘 광식이 소다를 올려다보고 있었다. 그는 소다와 같은 열다섯 살이었지만 키는 소다보다 한참이나 작았다.

소다는 덥수룩한 광식의 머리를 내려다보았다. 이리저리 뻗친 그의 머리칼이 거슬려 은근슬쩍 시선을 돌렸다. 이번에는 너무 낡아서 구멍이 나기 일보 직전인 그의 신발이 눈에 들어왔다. 그것 역시 거슬리기는 마찬가지였다. 마땅히 시선 둘 곳이 없다고 생각한 소다는 그와 눈을 맞출 수밖에 없었다. 까맣고 짙은 눈동자가 소다를 응시했다.

“다 끝났어?”

광식의 눈빛이 자신의 모든 것을 꿰뚫어 보는 것만 같아 소다는 아무 말이나 뱉어 냈다. 이 시간이면 그가 일을 끝내고 어김없이 이곳을 지난다는 사실을 알고 있었다. 오전에는 구두닦이 일을 하고 오후에는 광장에서 열리는 집회에 참석하는 게 요즘 그의 일과였다. 집회에서 그가 하는 일은 야학 사람들의 도움을 받아 만든 유인물을 돌리는 것이었는데 집회가 열리는 광장에 가려면 반드시 이 시장을 지나야 했다.

소다가 광식을 처음 만난 곳도 바로 이 시장이었다. 사이언스 팩토리 소속 과학자들은 조용한 곳보다는 북적이는 곳에서 광식을 마주치는 편이 더 자연스럽다고 예측했다. 그는 도움이 필요한 사람을 보면 그냥 지나치지 못하는 성미였기에 소다는 시장 바닥에 쓰러져 있기만 하면 됐다. 예상대로 그는 소다를 성심성의껏 도왔고 두 사람은 그렇게 서로를 알게 되었다.

“대충 정리하고 왔지. 근데 넌 왜 맨날 배가 고파 보이냐? 비쩍 마른 게 키만 멀대같이 커서 그런가.”

광식은 설탕 알갱이가 박힌 동그란 사탕을 내밀었다. 소다는 그의 손을 가만히 내려다보았다. 굳은살이 박인 손바닥이며 짧게 자른 손톱 아래로 구두약이 묻어 있었다. 소다는 아무 말 없이 사탕을 받아 들어 입 안에 넣었다. 달콤한 침이 목구멍으로 넘어가는 게 느껴졌다.

“웬일로 잘 받아먹냐?”

“오늘은 손이 좀 깨끗한 것 같아서.”

“이상하다. 오늘이 젤 더러운데?”

광식이 능글맞게 웃으며 소다 어깨를 툭 쳤다.

광식은 처음 만난 날부터 소다에게 사탕을 주었다. 소다가 누구인지 어떤 사람인지도 모르면서 오직 배가 고파 보인다는 이유로 그렇게 했다. 그날 소다는 끝까지 사탕을 받지 않았다. 이유 없는 친절은 없는 법이었고, 이 세계 음식을 막 먹어도 되는지 불안하기도 했다.

"오늘도 광장에 가는 거지?"

"당연하지. 너도 갈 거냐?"

광식이 되묻자 소다는 고개를 끄덕였지만 찜찜한 마음이 들었다.

"근데 아무리 생각해도 거긴 위험해. 경찰들도 주시하는 것 같고."

"그렇다고 안 갈 순 없지. 내 유인물을 기다리는 사람들도 있고. 내키지 않으면 나 혼자 갈게."

"아니. 나도 가긴 할 거야."

소다는 될 수 있으면 광식과 같이 있으려고 했다. 소다가 22세기에서 이 시대로 온 이유는 순전히 광식의 명(命)을 길게 만드는 작전, 일명 '광명 작전'을 위해서였다. 사이언스 팩토리 과학자들이 고안해 낸 이 작전은 순전히 소다네 집안의 부와 명예를 높이기 위한 일이었다.

과학자들은 말했다.

"그가 죽지 않고 살기만 한다면 원하는 기업으로 거듭날 수 있습니다. 처음에는 그가 살아서 미치는 영향이 미미해 보이겠지만, 걱정하지 마십시오. 결국은 그 작은 변화가 집안에 막대한 영향을 끼쳐 도덕적 윤리 의식이 최고치인 기업으로 거듭날 것입니다. 그게 바로 나비 효과라는 것이지요."

소다네 집안 어른들은 그 말을 맹신했다. 과학자들이 광식 또래가 작전을 수행하는 것이 성공 확률이 가장 높다는 결과를 도출해 내자, 소다를 이곳으로 보낸 것도 집안 어른들이었다. 이곳으로 오던 날 집안 어른들이 했던 말이 귀에 생생했다.

"우리는 도덕적으로 완벽한 기업이 될 수 있어. 너도 들었지? 그가 만든 유인물이 혁명에서 가장 큰 역할을 했다고 하지 않던? 사람들에게는 그저 한 장의 유인물이었다지만 그게 혁명의 불씨가 된 게지. 그가 살아야 더 큰 혁명이 도래하고 그것이 나비 효과를 일으켜 우리 집안을 이롭게 할 거란다. 그러니 그를 꼭 살려야 해. 우리 집안을 위해서 반드시 성공해야 한다."

소다는 어떻게든 광명 작전을 성공시켜야 할 의무를 부여받았고 그러기 위해서는 광식과 붙어 있는 편이 좋았다.

그가 언제 어떻게 죽는지는 이미 알고 있었지만, 마음이 놓이지 않았다. 소다가 과거로 오면서 만든 시간의 균열이 이 세계에 어떤 영향을 끼쳤는지 정확하게 알기 힘들었다. 그 말은 그의 예정된 죽음에 어떤 변수가 생겼을지도 모른다는 얘기였다. 균열이 최대한 미미하게끔 사이언스 팩토리 과학자들이 애를 썼다지만 언제든 변수는 있게 마련이니 긴장의 끈을 놓을 수는 없었다.

"배고프냐? 국화빵 사 주랴?"

광식이 주머니에 손을 넣자 짤랑짤랑 동전 소리가 났다. 돈이 얼마나 있는지 셈을 하는 모양이었다.

"됐어. 몇 푼이나 번다고. 밥 먹었어."

"거짓말 아니냐? 오늘 많이 벌었어. 먹어도 돼."

광식은 항상 이런 식이었다. 구두를 닦아서 버는 돈이 얼마 안 될 텐데도 늘 많이 벌었다며 소다에게 뭐든 사 주려 했다. 소다에게만 그러는 것이 아니라 구걸하는 아이나 행색이 초라한 사람에게도 그랬다.

"그럴 돈 있으면 네 쌀독이나 채워 넣어."

"나 하나 먹을 건 충분하다, 뭐."

광식은 쑥스러운 듯 엷게 웃고는 딴청을 피웠다. 소다는 그런 그가 못마땅했다. 그의 집 쌀독은 텅텅 빈 지 오래였지만 그는 쌀독을 채워 넣지 않았다. 그는 번 돈을 자신이 아닌 가난하고 배고픈 사람들을 위해서만 쓰려고 했다. 다른 사람이 아닌 자신을 위해서 좀 쓰라고 한마디 하려다 말았다. 어차피 그런 말을 해 봤자 그에게는 통하지 않는다는 걸 일주일간의 경험으로 알고 있었다. 그런 말을 했다가는 함께 사는 세상이 어쩌고 하면서 나 혼자만이 아니라 다 같이 잘 살아야 한다느니 하는 설교만 들을 게 뻔했다.

"국화빵이 싫어서 그러냐? 딴 거 사 주랴?"

"됐어. 진짜로 밥 먹었어. 배불러."

소다가 몇 번이나 거절하고서야 광식은 소다가 진짜 배가 부르다고 믿었다.

"알았어. 그럼 부지런히 가 보자."

광식이 구두통을 고쳐 메자 소다는 서 있던 자리에서 뒤돌아섰다. 소다는 혼자 걸어온 길을 그와 함께 나란히 걷기 시작했다.

광장에는 몇몇 사람들이 모여 얘기를 나누고 있었다. 말이 집회였지 사람들이 대놓고 시위를 하거나 행진을 하지는 않았다. 광장에 모인 사람들이 주로 하는 일은 대구나 마산 등지에서 일어난 일을 서로 공유하며 정보를 모으는 거였다.

오늘은 어제 아침 마산 앞바다에서 발견된 김주열 시체에 관한 얘기가 한창이었다. 김주열은 3·15 시위 때 눈에 최루탄을 맞고 사망한 고등학생이었다.

"결국…… 그렇게 됐구나."

광식은 비통한 얼굴로 중얼거렸다. 그러고는 부정 선거 규탄 시위 도중에 사망한 김주열이야말로 진정한 열사라며 그를 추모했다.

"그럼 여기도 위험한 거 아냐? 경찰들이 전보다 더 주시할 거 아니냐고. 오늘은 그냥 가자."

경찰도 경찰이지만 소다는 사람들이 많이 모여 있는 곳은 아직도 꺼림칙했다. 어떤 병균이나 바이러스가 있을지 모른다는 두려움 때문이었다. 자신이 살고 있는 곳으로 가면 개인 맞춤형 의료 기기로 단번에 치료할 수 있겠지만 이곳에 있는 동안은 치료가 불가능할 게 뻔했다. 최대한 안전하고 조용하게 있다가 돌아가고 싶었다.

"아니. 이런 때일수록 더 열심히 해야지. 김주열 열사의 시체를 본 사람이 그랬어. 그분이 내가 만든 유인물을 손에 꼭 쥐고 있더래."

광식은 낡은 나무 구두통 안을 뒤적였다.

"진실이 뭔지 한 사람에게라도 더 알려야 해."

유인물을 꺼내 든 광식은 사람들이 모여 있는 곳을 향해 빠른 걸음으로 걸어갔다. 그를 말리려고 뒤따라가는 소다를 누가 붙잡았다.

"두세요, 형님. 직접 시위하는 건 아니어서 아직은 그렇게 위험하지 않을 거예요."

껌 파는 일을 하는 딱딱이가 소다에게 친근하게 말을 걸어왔다. 진짜 이름이 뭔지는 모르지만 늘 딱딱 소리가 나게 껌을 씹는다는 이유로 그렇게 불리는 애였다.

"전 그쪽 형님이 아니라니까요."

"광식이 형님 친구 분이면 당연히 제 형님이시죠."

딱딱이는 소다에게 공손하게 목 인사를 했다. 소다는 광식의 소개로 그를 처음 만났던 날이 떠올랐다. 광식의 동생을 자처하는 그는 그날도 광식을 떠받드는 듯한 모습을 보였다.

"열네 살이면 한 살 차이밖에 안 나는데 깍듯이 형님으로 모시네요?"

"당연하죠. 대단한 분이시잖아요."

"대단한 분이요?"

소다는 선뜻 이해가 가지 않았다. 자신에게는 집안을 위해 살려야 할 중요한 사람이었지만 이 시대의 광식은 한낱 가난한 구두닦이일 뿐이었다.

"그럼요. 광식이 형님이 하시는 일이 얼마나 위대한데요. 형님이 닦는 구두만큼이나 빛나는 일인걸요? 신문이 아무 소용없어 졌어요. 거짓말만 하는 신문을 사람들이 믿지 않는 거죠. 사람들은 형님이 주는 유인물을 믿어요. 그게 진실이니까. 정말 존경스러운 분이에요."

"존경이요?"

소다는 존경이 뭔지 잘 몰랐다. 개인 맞춤형 AI가 개개인을 위해 모든 것을 알아서 해 주는 시대에는 누구를 존경할 일도, 존경할 필요도 없었다. 소다가 사는 시대에는 나와 내 집안이 부와 성공을 거머쥐는 일만이 중요했고 다른 누군가를 존경할 이유 따위는 없었다.

그런 사회이기 때문에 오히려 때아닌 '도덕적 윤리 의식'이 기업을 판단하는 잣대가 되는 세상이 도래했는지도 몰랐다. 그렇기 때문에 집안의 비도덕적이고 비윤리적인 과거를 지우기 위해 소다가 이 시대에 온 것이기도 했다.

얼마 전 정부가 기업을 판단하는 데 새로운 척도를 적용하겠다고 공표한 것이 발단이었다. 새로운 척도란 도덕성과 윤리성이었는데, 이것을 기준으로 기업을 판단하여 가산점과 감점을 매긴다고 했다. 점수 자체가 중요한 것이 아니라 점수에 따라 나뉘는 기업 등급이 문제였다. 기업 등급이 낮으면 정부 사업에는 전혀 참여할 수 없었고, 어느 누구도 등급이 낮은 기업은 신뢰하지 않았기 때문에 민간사업을 진행하는 데에도 어려움이 따랐다.

비도덕적, 비윤리적이라는 꼬리표 자체도 치명적이었다. 소다네 집안이 거머쥔 부와 명예가 실은 과거에 누군가를 죽인 일에 대한 대가이자 결과라는 사실이 밝혀지면 모든 것이 끝이었다. 소다네 집안은 사회적으로 매장당할 것이고 그들이 이룬 부와 명예는 한낱 먼지처럼 흩어질 터였다. 이것이야말로 그 누군가를 죽인 진짜 대가이자 결과였다. 반드시 광명 작전을 성공시켜 기업 평가에서 우위를 차지해야 했다. 그것만이 소다네 집안이 지금까지 이룬 모든 것을 지킬 수 있는 길이었다.

"그뿐인 줄 아세요? 본받을 점이 한두 가지가 아니라니까요."

딱딱이는 광식을 칭찬하는 데 열을 올렸다. 자신도 가난하면서 더 가난한 이웃을 돕고, 곤경에 처한 사람들을 위해 발 벗고 나서며, 국가와 민족을 위해 무엇이든 힘을 보태려는 사람이 바로 광식이라고 했다.

"자기가 가난한데 어떻게 남을 도와요? 자기부터 살고 봐야지."

소다에게 광식은 이해할 수 없는 사람이었고 그의 행동은 의문투성이였다.

"난 마음만은 부자잖냐."

광식이 누런 이를 드러내 보이며 웃었다. 소다에게 딱딱이를 소개한 뒤 아무 말 없던 그가 내뱉은 첫마디였다.

"마음만 부자면 뭐 해? 넌 가난한 구두닦이일 뿐이라고."

"네 눈에는 그렇게밖에 안 보이겠지만 난 그렇게 생각하지 않아. 사람들 구두를 닦아서 그들을 더 빛나게 해 주는 사람이 바로 나야. 덕분에 나도 빛날 수 있는 거고. 난 그걸로 만족한다. 누구에게나 자신이 할 일이 있는 거니까."

역시나 소다는 광식을 이해할 수 없었다. 하지만 '자신이 할 일'이라는 말은 마음에 와닿았다. 소다 역시 할 일이 있어 이곳에 온 것이었다.

22세기 최고 권력을 거머쥔 소다네 집안 어른들은 말했다. 조상님이 광식을 죽인 덕분에 가문의 부와 명예를 지켰고 결국에는 최고의 기업을 일궈 낼 수 있었다고. 소다네 조상은 정부 고위 관료와 결탁해 권력을 얻었고 그들을 위해 충성을 다했다. 그 충성에는 고위 관료가 하려는 일에 반기를 드는 누군가를 죽이는 일도 포함되어 있었다. 그 누군가가 고위 관료의 구두를 닦다가 그가 저지른 부정까지 우연히 알게 되었다면 반드시 죽어 줘야만 했다. 그러나 이제는 사정이 달라졌다.

22세기 어느 시점에서 세상은 도덕적 윤리 의식을 중요시하는 곳으로 변모했다. 그 세상에서 살아남으려면 과거의 비인간적인 짓거리 따위는 없애 버리는 편이 좋았다. 특정 세력과 결탁해 누군가를 죽인 일 같은 것 말이다. 그 일을 위해 소다는 지금 이곳에 와 있었다. 광명 작전만 성공시킨다면 나비효과로 인해 소다네 집안은 도덕적 윤리 의식이 최고인 집안으로 탈바꿈할 터였다.

"네가 아무리 그렇게 생각해도 현실에서 넌 하찮은 가난뱅이일 뿐이야."

"가난한 게 뭐? 가난해도 꿈꿀 수 있는 거고, 그건 내 자유야."

소다는 단 한 번도 가난을 그렇게 생각해 본 적이 없었다. 가난이란 비참하며 끔찍하기만 한 것이라고 배웠다. 가난한 자는 어떠한 것도 꿈꿀 수 없으며 꿈꿔서도 안 되었다.

소다네 집안이 가난했다면 소다는 지금 이곳에 오지도 못했을 것이다. 시간 여행은 아직 실험 단계였고 상용화하지 않은 기술을 사용하려면 어마어마한 돈이 필요했다. 광명 작전은 소다네 집안이 수많은 과학자를 보유한 사이언스 팩토리의 주인이기에 가능한 일이었다.

"아휴, 왜들 그러세요? 형님들도 참."

딱딱이가 소다와 광식 사이로 파고들었다. 그날도 소다는 분명히 말했다.

"전 그쪽 형님 아니거든요?"

그런데도 딱딱이는 여전히 소다를 형님이라고 불렀다. 더 중요한 건 자신은 광식의 친구가 아니라는 사실이었다. 소다가 자신은 그의 친구가 아니라는 말을 하려는데

"그럼 형님, 저는 이만 일하러 갑니다. 저녁에 봬요."

딱딱이는 광장 밖으로 뛰쳐나갔다.

"내가 생일이 더 이르다고."

소다는 멀어지는 딱딱이의 뒷모습을 보며 나지막이 중얼거렸다.

집회가 끝나자 어느새 해가 뉘엿뉘엿 지고 있었다. 광식은 서둘러 발걸음을 옮겼고 소다는 그의 뒤를 따랐다. 그의 다음 행선지는 야학일 터였다. 그는 야학 학생들과 선생들의 도움을 받아 유인물 만드는 일을 했다. 부정 선거가 어떻게 일어났는지, 어떻게 힘을 모아 이 일을 규탄해야 하는지 같은 내용을 적은 유인물이었다. 그는 단 한 사람이라도 더 진실을 알고 다 같이 힘을 모아야 한다며 열심이었다.

두 사람은 개울이 흐르는 오솔길로 접어들었다. 야학으로 가는 지름길로 들어선 광식의 걸음이 점점 빨라졌다. 오래 걸어 본 적이 없는 소다는 많이 걷는 게 힘들었고 빨리 걷는 건 더 힘들었다.

"천천히 좀 걸어. 피곤하지도 않아? 집에 가서 잠도 좀 자고 쉴 것이지."

소다는 광식이 무리하는 것 같아 걱정이었다. 그가 죽지 않는 것도 중요하지만 건강하게 오래오래 사는 것 또한 중요했다. 그가 오래 살면 오래 살수록 소다네 집안에 가져다주는 긍정적인 나비 효과의 파장은 더 크리라는 게 과학자들의 의견이었다.

"잠이야 죽으면 실컷 자는 거 아니냐? 지금 당장은 해야 할 일이 있으니까 빠릿빠릿하게 살아야지."

말은 그렇게 하면서도 광식은 걸음을 늦추어 소다와 보조를 맞춰 주었다.

"뭐 그렇게 할 일이 많다고."

"많지. 구두도 닦아야 하고, 집회에도 참석해야 하고, 유인물도 만들어야 하잖냐. 엄청 바쁘지."

광식은 열심히 손가락까지 꼽으며 떠들어 댔다.

"온갖 사람들 다 걱정하고 도와주느라 바쁜 거겠지."

"그런가? 원래 서로 도우면서 사는 거지, 뭐."

"넌 돕기만 하고 도움은 못 받는 거 같던데?"

소다가 쏘아붙이자 광식은 자신도 다른 사람들에게 많이 받는다며 너털웃음을 지었다. 소다는 도대체 어떤 도움을 받았는지 꼬치꼬치 캐묻고 싶었다. 그가 누군가에게 뭔가를 받는 것을 단 한 번도 본 적이 없었기 때문이다.

"네가 돕는다고 그 사람들 형편이 나아질 것 같아? 너한테 기대서 점점 더 게을러지고 나태해지기나 하지. 네가 그 사람들을 오히려 망치는 거라고."

"아무것도 모르면서 함부로 말하지 마. 그 사람들이 일부러 그렇게 산다고 생각하냐? 너는 이 세계 사람이 아니라 모르겠지만 어쩔 수 없으니까 그렇게 살 뿐이라고. 그런 걸 뻔히 알면서 어떻게 모르는 척을 하냐?"

얼굴이 붉어진 광식이 목소리를 높였다.

"모르는 척하면 어때서? 남들도 다 그래. 내 일이 아니면 적당히 무시하고 산단 말야."

"난 그렇게는 못 한다."

"그런다고 뭐가 바뀔 것 같아? 어차피 세상은 똑같고 변하는 건 없어. 네가 하려는 일들도 전부 마찬가지야. 네가 아무리 집회에 나가고 나라 걱정을 한다고 달라지는 게 있을 줄 알아? 아니, 절대 없어. 그러니까 헛수고하지 말라고!"

소다 목소리도 덩달아 커졌다. 소다는 이제라도 광식이 현실을 직시하고 자신만을 위해 조용히 살았으면 좋겠다고 생각했다. 그것이 그가 죽음에서 한 발짝 멀어지는 일일 것이다.

"그게 어떻게 헛수고야? 최선을 다하는 거지."

"네 앞날이나 최선을 다해서 걱정해."

두 사람은 서로를 향해 언성을 높였다.

"형님들 왜 또 이러세요?"

일을 마치고 야학으로 가던 딱딱이가 두 사람을 말렸다.

"너네 형님이라는 사람이 말도 안 되는 소리만 하잖아. 네가 말해 봐. 자기 앞가림도 못하면서 남을 돕는 게 맞는 일이야?"

"그래, 딱딱이 네가 한번 말해 봐라. 남들이 어렵든 말든 혼자 잘 먹고 잘사는 게 옳은 일이냐? 자기 신념대로 행동하는 게 옳은 일 아니냐?"

딱딱이는 이러지도 저러지도 못한 채 두 사람 사이에 벽처럼 서 있었다.

"형님이 참으세요. 저희 형님이 원래 정의감에 불타는 분이시잖아요."

"왜 나만 참아야 되는데?"

짜증이 난 소다는 딱딱이 앞으로 한 발짝 다가갔다. 소다가 너무 바짝 붙어 선 탓인지 딱딱이는 중심을 잃었다. 딱딱이가 넘어지면서 소다 다리를 잡아챘고, 그 바람에 소다도 옆으로 미끄러지듯 넘어지고 말았다. 그렇게 두 사람은 데구루루 굴러 개울에 빠져 버렸다. 순식간에 일어난 일이었다.

물에 빠진 소다는 당황했다. 개울은 생각보다 깊어 중심을 잡고 일어서기 힘들었고, 수영도 못했기에 어쩔 줄을 몰랐다. 그때 누가 개울로 뛰어드는 소리가 들렸다. 풍덩 소리는 연달아 두 번이 났다.

"괜찮냐?"

광식이 개울에서 소다를 질질 끌어냈다. 풀밭에 널브러진 소다는 덩치 큰 남자가 개울에서 딱딱이를 끌어내는 모습을 보았다. 야학에서 한글을 가르치는 남자였다.

“기절했나 봐. 내가 의원으로 데려갈게.”

딱딱이를 들쳐 업은 남자가 발걸음을 옮기려고 할 때였다.

“혀, 형님들…… 전 괜찮습니다.”

눈을 뜬 딱딱이가 힘겹게 입을 열었다.

“정신이 드냐? 그래도 의원에는 가 봐야지.”

광식은 가쁜 숨을 몰아쉬면서도 딱딱이 걱정뿐이었다.

“정말 괜찮습니다. 잠깐만 누워 있으면 나아질 거예요.”

“일단 젖은 옷부터 갈아입히고 생각하자. 내가 야학으로 데려갈 테니까 너희도 숨 좀 고르고 와.”

남자가 딱딱이를 업고 떠나자 광식과 소다만 풀밭에 덩그러니 남겨졌다. 온몸의 힘이 다 빠진 두 사람은 한참을 풀밭에 누워 있었다.

먼저 정신을 차린 쪽은 소다였다. 벌떡 일어나 앉은 소다는 소리부터 질렀다.

“너 미쳤어? 거길 왜 뛰어들어?”

“그럼 친구랑 동생이 물에 빠졌는데 보고만 있냐?”

광식은 드러누운 채로 지지 않고 맞받아쳤다.

“친구는 무슨. 싸우자고 달려들 때는 언제고? 난 너 같은 친구 둔 적 없어.”

"어른들이 하는 말 모르냐? 치고받으면서 더 친해지고 진짜 우정이 싹튼다잖냐."

"난 그런 말 몰라."

소다가 아는 어른들은 그런 말을 하지 않았다. 그들이 하는 말은 더 많은 부와 권력을 쌓아야 한다, 그래야 우리 집안이 살아남는다, 그러려면 남 생각은 하지 말고 오직 자신만 생각해라……. 그런 말들이었다.

"고마우면 고맙다고 하면 될 걸, 너도 참."

"하나도 안 고마워. 너 자신을 먼저 생각해야지 왜 남 걱정부터 해? 그러다 네가 다치거나 죽기라도 하면 어쩌려고? 넌 네 목숨이 그렇게 하찮아?"

소다는 화가 났다. 자신이 지금 이곳에 와 있는 이유는 광식의 목숨을 지키기 위해서였다. 그것 때문에 얼마나 신경 쓰면서 고생하고 있는데……. 정작 그는 왜 자기 목숨을 함부로 여기는 것인지 속상했다. 그의 목숨을 지키지 못하면 자신이 이곳에 온 의미가 없는 것은 물론이고 자신의 집안 또한 쇠락의 길을 걷게 될 터였다.

"누가 하찮아서 그렇대? 네가 더 중요하니까 그렇지."

광식의 말에 소다는 할 말을 잃었다. 소다에게 중요한 것은 부와 명예, 집안, 집안의 권력을 유지하는 일 따위가 전부였다. 사람이 누군가에게 중요할 수 있다는 것을, 그 사람이 자신일 수도 있다는 것을 처음 알았다. 그 말은 부와 권력보다, 광식이 주는 사탕보다 달콤했다. 그러면서도 왠지 모르게 조금 쓸쓸한 기분이 들었다.

"그런 말 하지 말고 너 자신이나 챙겨."

소다는 퉁명스럽게 내뱉었다.

"그렇게 마음 쓰이면 나중에 내 소원도 하나 들어주든가."

"절대 싫어."

"아마 들어주게 될 거다."

"꿈도 야무지시네."

"내 꿈은 내 건데 뭐 어떠냐? 다른 꿈도 들어 볼래? 나는 나중에 큰 학교를 지어서 돈 없는 아이들은 공짜로 공부시켜 줄 거야. 큰 집도 지어서 오갈 데 없는 사람은 전부 받아 줄 거고. 다 같이 텃밭에서 농사도 짓고 닭도 키워야지. 여름에는 물놀이 가고, 겨울에는 얼음판에서 썰매도 탈 거라고. 너도 갈 데 없으면 와서 살아도 돼."

"됐거든. 무슨 수용소야? 안 가."

소다가 진저리를 치자 광식은 소리 내어 웃었다. 소다는 그런 그를 바라보며 생각했다. 부디 그의 꿈이 이루어졌으면 좋겠다고. 그러기 위해서는 그가 살아남는 게 먼저였다. 소다는 그를 살리는 일에 최선을 다하리라 다짐했다. 이 다짐은 그동안의 바람과는 조금 달랐다. 집안의 영달을 위해서가 아니라 광식 자신을 위해서 그가 살기를 바라는 마음이 컸다.

"별이 참 예쁘다. 너도 누워 봐."

광식의 성화에 소다는 다시 풀밭에 드러누웠다.

"되게도 많네."

소다는 밤하늘에 박혀 있는 별들을 찬찬히 바라보았다. 별에 관해서 소다가 알고 있는 것은 자기 내부의 에너지를 복사해 스스로 빛을 내는 천체라는 것과 홀로그램이 만들어 낸 인공적인 별의 모양뿐이었다. 이곳에 와서 처음 별을 보았던 순간이 떠올랐다. 밝은 빛을 내며 반짝이는 작은 점들은 그때도 지금도 여전히 신비롭고 아름다웠다.

물에 젖은 옷 때문에 살짝 한기가 돌기는 했지만 얼굴을 스치고 지나가는 바람은 제법 따뜻했다. 차갑다, 따뜻하다 같은 감각도 여기에 와서야 알게 된 것 중 하나였다. 모든 환경을 표준화, 규격화한 시대에는 감각이라는 것을 느낄 필요가 별로 없었다.

풀밭에서는 싱그러운 향기가 올라왔고 개울물이 흘러가는 소리도 꽤 운치 있게 들렸다. 소다는 지금껏 잊고 있던 사실을 깨달았다. 바야흐로 봄이었다.

마침내 그날이 왔다. 광식이 죽음을 맞이하는 4월 19일이 되었다. 소다는 오늘이 빨리 지나갔으면 하고 바랐다. 그러면서도 자신이 살던 시대로 다시 가야 하는 것이 못내 서운했다. 그곳으로 돌아가면 다시는 보거나 느낄 수 없는 많은 것들이 떠올랐고 그중에는 광식의 얼굴도 있었다.

'임무만 생각하자. 그를 살려야 하잖아.'

소다는 자신을 다독이며 그와 만나기로 약속한 장소로 갔다.

시장통은 그 어느 때보다 소란스러웠다. 좌판은 모두 까맣거나 파란 천으로 덮인 채였고 장사를 하는 사람은 없었다. 대신 시위대가 이곳을 지난다는 정보를 듣고 그들을 기다리는 사람들로 가득했다.

소다는 고개를 갸웃거렸다. 구두닦이 일을 끝내고 오는 광식을 마중하러, 사람들을 구경하러, 뭔가를 사러 하루에도 몇 번씩 왔던 시장인데 오늘따라 낯설게 느껴졌다. 시장에서는 언제나 풍기던 꿉꿉하지만 구수하고 눅눅하면서도 달큰한 냄새가 아닌 매캐하면서도 비릿한 냄새가 나는 듯했다.

"여기야, 여기!"

소다를 부른 광식은 오늘도 어김없이 설탕 알갱이가 박힌 사탕을 내밀었다. 나중에 그를 생각하면 달콤한 사탕 맛이 가장 먼저 떠오를 것 같았다. 말없이 사탕을 받아 든 소다는 그것을 바지 주머니 속에 고이 집어넣었다. 이게 그에게 받는 마지막 사탕이라고 생각하니 차마 먹을 수가 없었다.

"딱딱이는? 안 왔어?"

소다가 주위를 두리번거렸다.

"개울에 빠지고부터는 영 맥을 못 추기에 오늘은 쉬라고 했다."

"이상하네……."

소다는 골똘히 생각에 잠겼다. 역사대로라면 딱딱이는 광식과 함께 오늘 집회에 참석하는 게 맞았다. 순간 머릿속을 스치는 생각이 하나 있었다.

'내가 이 세계로 오면서 만든 시간의 균열이 딱딱이의 운명을 바꾼 건지도 몰라.'

소다는 다행이라고 생각했다. 집회에 참석하지 못했으니 딱딱이가 죽는 일은 없을 것이다. 적어도 오늘은.

"데모가 이적이냐, 폭정이 이적이냐!"

"민주주의 바로잡아 공산주의 타도하자!"

우렁찬 목소리로 구호를 외치는 무리가 시장통으로 들어섰다. 광식과 소다 그리고 많은 사람들이 기다리던 행렬이었다.

"독재 정권 물러가라! 이승만 물러가라!"

광식과 소다도 시위대 맨 뒤에서 같이 구호를 외치며 따라갔다. 행진을 하면 할수록 더 많은 사람들이 동참했고 덕분에 행렬은 점점 더 길어졌다.

수많은 인파 속에서 소다는 두려움을 느꼈다. 자신이 살던 세계에서는 이렇게 많은 사람을 본 적도, 함께 있어 본 적도 없었다. 그곳에서는 사람들과 직접 얼굴을 맞대고 뭔가를 하는 게 오히려 이상했다.

"언제까지 이래야 해?"

소다는 얼른 여기서 벗어나고 싶은 마음뿐이었다. 광식만 아니었으면 진작 그렇게 했을 것이다.

"당연히 자유를 쟁취할 때까지지."

소다를 향해 결연한 표정을 지어 보인 광식은 더 큰 소리로 사람들이 부르짖는 구호를 따라 외쳤다.

"대체 어디까지 가는 거야?"

"경무대로 가는 거예요."

힘에 부친 소다가 혼잣말처럼 내뱉은 말에 누군가가 대답을 했다. 어느샌가 나란히 걷게 된 여자였다. 깃이 넓은 하얀색 블라우스에 까만색 면바지를 입은 그녀는 단발머리를 찰랑이며 당차게 걸었다.

"어느 학교 학생들이세요?"

자신을 대학생이라고 소개한 여자는 광식과 소다에게 관심을 보였다. 소다가 주춤거리는 사이에 광식이 먼저 대답을 했다.

"저는 슈샤인 보이입니다."

"네? 정말요? 당신이 그 슈샤인 보이예요? 꼭 한번 보고 싶었는데 이렇게 만나다니!"

"저를…… 아세요?"

"당연하죠. 당신이 만든 유인물 때문에 여기 왔는데요!"

여자는 손에 든 유인물을 열정적으로 흔들어 보였다.

"설마요."

광식은 믿을 수 없다는 표정을 지었다.

"진짜예요. 보세요. 다들 당신이 만든 유인물을 들고 있잖아요. 저 사람들도 당신 때문에 여기 왔을걸요? 당신은 정말 대단한 일을 해냈다고요."

여자가 앞서 걸어가고 있는 사람들을 가리켰다.

"말도 안 돼요. 저는 그냥 구두닦이일 뿐이에요. 유인물을 돌린 건 당신들이 진실을 알았으면 해서예요. 진실을 안 당신들이 제가 닦은 반짝이는 구두를 신고 이곳에서 가장 빛나기를 바랐고요."

"그래요. 당신 덕분에 우린 진실을 알았어요. 고마워요."

"그렇게 말해 주니 저도 정말 고맙네요."

"당신이 유인물에 쓴 것처럼 우리 힘내서 꼭 자유를 쟁취해요!"

여자가 광식에게 손을 내밀어 악수를 청했다. 광식은 환하게 웃으며 그녀와 손을 맞잡고 흔들었다. 소다는 두 사람이 악수하는 모습을 바라보았다. 서로에게 자기 생각을 당당하게 말하는 두 사람이 신기했다.

소다가 온 곳에서는 섣불리 자신의 생각을 말할 수 없었다. 개인 맞춤형 AI가 알려 주는 답만이 정답이었기 때문에 자기 생각 따위는 중요하지 않았다. 내 생각은 틀릴 수 있지만 AI는 절대 틀리는 법이 없으니까. 그 정답에 따라 과거로 와서 광명 작전을 펼치고 있는 소다였다.

“다들 피해!”

행렬 앞쪽에서 누가 소리를 질렀다. 그 말이 끝나기가 무섭게 소방차에서 쏜 물대포가 날아들었다. 경찰들은 공포탄을 쏘기 시작했고 최루탄 연기가 사방으로 퍼져 나갔다.

시위대는 경찰들을 피해 어떻게든 앞으로 나아가려 했지만 쉽지 않았다. 경찰들도 죽기 살기로 시위대를 막아섰다. 시위대가 고분고분 말을 듣지 않자 곤봉으로 머리를 내리찍거나 넘어진 사람들을 군홧발로 마구 밟아 댔다. 다치는 사람들이 속출했고 그들이 쏟아 내는 피가 흙바닥을 붉게 적셨다.

소다 눈에는 이 모든 광경이 꿈처럼 생경하고 악몽처럼 끔찍했다. 연구소에서 무한 반복했던 시뮬레이션에서는 단 한 번도 느껴 보지 못한 감정이었다. 경찰들이 무력을 행사한다는 사실은 알고 있었지만 대수롭지 않게 여겼다. 광식의 죽음이라는 클라이맥스를 위해 지나쳐 가는 한 장면일 뿐이라고만 생각했다. 그러나 현실은 달랐다. 아무리 정교하게 만들었다고 해도 시뮬레이션은 절대 이 순간을 완벽하게 재현하지 못했다. 실제로 겪은 이 순간은 이루 말할 수 없을 만큼 공포스러웠고 믿을 수 없을 만큼 처참했다.

"야! 거기서 뭐 하냐? 이리로 와."

광식이 소다 옷소매를 잡아끌지 않았다면 소다는 그 자리에서 얼어붙은 채 아무것도 하지 못했을 것이다.

시위대가 경찰들이 저지선으로 쓰던 소방차를 점령하자 진압은 더 거세어졌다. 경찰들은 실탄을 쏘기 시작했다. 공포탄과 최루탄, 물대포만으로도 힘겨운데 실탄이라니. 소다는 광식이 다치기라도 할까 봐 걱정이었다.

"여기서 포기하면 안 돼. 광장으로 가자. 다들 그리 갔을 거야."

광식은 당장 광장으로 달려갈 기세였다.

"안 돼. 가지 마."

소다는 자기도 모르게 광식의 손을 잡았다. 지금껏 단 한 번도 그와의 접촉을 시도한 적은 없었다. 처음에는 병균에 감염이라도 될까 봐, 그의 가난이나 하찮음이 묻기라도 할까 봐 그와의 접촉을 극도로 꺼렸다. 지금은 그런 건 하나도 중요하지 않았다.

"가기 싫으면 넌 안 가도 돼. 나 혼자 갈게."

광식은 다 이해한다는 표정을 지었다. 자신의 미래도 모르면서 그런 표정이나 짓는 그 때문에 소다는 가슴이 아릿했다.

"지금 가면 돌아오지 못할 거야."

"이미 각오한 일이야."

"저기 가면 넌 죽어. 그게 네 운명이야. 살고 싶으면 내 말을 믿어야 돼."

소다는 광식을 잡은 손에 힘을 주었다.

과학자들과 집안 어른들은 소다에게 신신당부했다. 무슨 일이 있어도 광식에게 광명 작전에 대해 말해서는 안 되며 소다가 누구인지 밝혀서도 안 된다고. 하지만 지금은 그런 걸 따질 시간이 없었다. 가장 중요한 일은 광식의 죽음을 막는 거였고, 그러기 위해서라면 소다는 몇 번이라도 모든 사실을 털어놓을 생각이었다. 사실 소다는 자신이 이 세계에 속한 사람이 아니라는 것을 이미 그에게 들킨 적이 있다. 왜 왔는지까지는 들키지 않았기에 괜찮다고 생각하고 넘어갔을 뿐이었다.

"다 설명할 테니까 일단 다른 데로 가자."

소다는 광식의 손을 잡아끌며 재촉했다.

"나중에 들을게. 지금은 가 봐야 돼. 이건 진짜 중요한 일이야."

광식은 단호했고 소다는 그런 그가 미웠다. 더 정확하게는 광장에 가고 싶어 죽겠다는 얼굴을 한 그가 미웠다.

"시간이 얼마 없다고. 제발!"

소다는 애원했다. 과학자들이 한 말이나 집안의 권력 유지 따위는 아무래도 좋았다. 그런 것과는 상관없이 광식이 죽는 게 싫었다. 그를 살리고만 싶었다. 문득 그런 생각이 들었다. 자신의 이익에 반한다고, 자신이 저지른 부정을 알고 있다는 이유로 그를 죽이는 일 자체가 부당한 것은 아닐까?

광식이 죽음을 맞이할 시간이 점점 다가오자 소다는 초조해졌다. 그가 자신의 말을 듣지 않고 자꾸 고집을 부린다면 어쩔 수 없었다. 그가 아무리 발버둥 쳐도 달라지는 게 없다는 사실을 알릴 수밖에.

"이승만 하나 물러난다고 민주주의가 오는 줄 알아? 얼마 안 가 군인들이 너희를 지배할 거야. 네가 원하는 세상은 오지 않는다고."

"그걸 네가 어떻게……. 맞다! 미래에서 왔다고 했지? 그럼 넌 알겠다. 내가 바라는 세상은 영영 안 오냐? 영원히?"

광식의 얼굴에는 처음 보는 진지함이 묻어 있었다.

"대답해 봐. 정말 영원히 그런 세상이 안 오느냐고!"

광식은 울 것 같은 표정으로 소다를 쳐다봤다. 그의 눈빛에 담긴 애절함을 보자 소다는 대답을 안 할 수도, 거짓말을 할 수도 없었다.

"오긴…… 와."

"그럼 됐다."

광식은 정말 다행이라며 한숨을 내쉬었다. 소다는 그 모습마저도 마음에 들지 않았다.

"되긴 뭐가 돼? 그건 한참 뒤야. 네가 죽으면 그런 세상이 다 무슨 소용이야? 넌 실패하는 일에 목숨을 거는 거라고."

광식은 흥분한 소다와 눈을 맞추고는 천천히 입을 열었다.

"난 이게 실패라고 생각하지 않아. 구두 광이 구두약 한 번 칠한다고 나는 줄 아냐? 몇 번이고 약을 칠하고 죽을힘을 다해 문대야 눈이 번쩍 뜨이는 광을 낼 수 있다고. 난 그 번쩍이는 광을 위해 약을 칠하고 죽기 살기로 문대는 거야. 지금 내가 하는 일이 몇 번째 구두약인진 모르지만, 이게 쌓이고 쌓이면 언젠가는 번쩍하고 광이 날 거 아니냐."

씩 웃은 광식은 소다와 마주 잡은 손에 힘을 주었다. 소다도 그의 손을 꽉 움켜쥐었다. 절대 놓지 않으려 했지만 그는 소다의 손을 부드럽게 쳐 내고는 발걸음을 옮기려 했다.

"안 돼, 광식아! 제발 가지 마!"

"이게 내 소원이다. 개울에 빠지던 날 약속한 거 기억하지? 내 소원 하나 들어주기로 한 거."

"그러면…… 내가 널 잡을 수가 없잖아."

소다는 광식을 잡으려고 뻗었던 손을 힘없이 늘어뜨렸다. 그의 소원을 들어주기로 한 약속 때문만은 아니었다. 그건 그의 일방적인 요구였고 소다가 받아들인 적 없는 일이었으니까. 다만 소다는 그의 마음을 헤아려 보고 싶었다. 여전히 그를 이해할 수 없지만 이것 하나만은 분명했다. 그게 무엇이든 그가 스스로 내린 결정을 막을 수는 없었다. 그건 그가 스스로 꾸는 꿈을 방해할 수 없는 것과 같은 이치였다. 그의 선택을 존중하는 것. 내 생각과는 다르지만 그의 선택이 그에게는 최선이리라 믿는 것. 소다가 그를 위해 해 줄 수 있는 일은 그것뿐이었다.

"역시 넌 내 친구다."

광식은 두 손으로 소다의 어깨를 꽉 움켜쥐었다. 마치 어깨 위로 무거운 짐이 내려앉는 것 같다고 소다는 생각했다.

"독재 정권 물러가라! 이승만 물러가라!"

광식은 구호를 외치며 소다를 향해 힘차게 손을 흔들었다. 그 어느 때보다 환한 웃음을 지은 채였다. 그는 더는 아무 미련도 없다는 듯 등을 돌려 힘차게 광장을 향해 달려갔다.

소다는 눈부신 햇빛이 광식을 따라 광장으로 들어서는 광경을 지켜보았다. 어디선가 몰려든 수많은 사람들이 함성을 지르며 광장 안으로 빨려 들어갔다. 소다 눈에는 마치 그들이 그를, 그 빛을 따르는 나비 떼처럼 보였다.

'과학자들이 말한 나비 효과라는 게 눈에 보인다면 저런 모습일까?'

소다는 가만히 눈을 감았다. 오래오래 기억하고 싶었다. 이 순간을……. 그리고 달콤하고도 찬란한 소년, 슈샤인 보이를.

나는 판타지, SF, 세상에 드러나지 않은 역사를 좋아한다. 그들은 내가 무엇을 상상하든 나를 내버려 둔다. 가만히 나를 응시하며 내 이야기를 끝까지 들어 준다. 그럴 때면 내 상상은 누군가의 이야기가 되고, 누군가의 삶이 된다.

이번에도 나는 누군가를 만났다. 그 시대, 그 장소에 있었을 법한 그를 만나 잠시나마 그의 삶을 함께 살아 보았다. 사실 나는 자신의 신념을 위해 목숨까지 내던진 그를 온전히 이해하지는 못했다. 그가 살아서 더 많은 자유를, 더 큰 행복을 누리기를 바랐다. 하지만 누구나 자신의 삶을 선택할 권리가 있기에 그의 선택을 존중한다. 부디 그 선택이 무의미한 것이 아니었기를 바랄 뿐이다.

나의 판타지, SF, 세상에 드러나지 않은 역사가 내 이야기를 들어 준 것처럼 이제는 내가 당신의 이야기를 듣고 싶다. 나는 준비되었다. 당신을 가만히 응시하며 당신의 이야기에 끝까지 귀를 기울일 준비가. 당신은 혼자가 아니다. 나와 당신, 적어도 우리 둘이다.

[손수건]

하 명 희

2009년『문학사상』신인문학상, 2014년『나무에게서 온 편지』로 전태일문학상, 2016년 조영관 문학창작기금을 받았으며, 2019년『불편한 온도』로 한국가톨릭문학상 신인상, 백신애문학상을 받았다. 장편소설『나무에게서 온 편지』, 소설집『불편한 온도』, 『고요는 어디 있나요』가 있다.

오토바이가 골목으로 들어오는 소리가 들린다. 드드드렁, 골목 입구에서 한 번 멈췄다가 다시 시동을 거는 아빠의 오토바이다. 이 소리가 들리면 나는 하던 걸 멈추고 책상 밑에 있는 호른을 꺼낸다. 벨을 돌려서 관에 끼우고 마우스피스를 꽂아 입에 물고 벨 속에 손을 넣는다. 소리를 지르듯 배에 힘을 주면 먹이를 놓고 싸우는 까마귀 소리가 난다. 손가락으로 버튼을 누르며 음을 하나씩 잡다 보면 까마귀 열두 마리가 엉켜서 싸우는 빽사리가 나는데, 그걸 뱉어 내지 않으면 제 소리가 나오지 않는다. 악기를 지원하는 오케스트라를 육성하는 중학교여서 입학하면서부터 공짜로 호른이라는 낯선 악기를 불게 되었지만, 졸업을 앞둔 지금까지 호른은 제 소리를 내기가 힘들다.

아빠가 골목으로 들어서는 소리가 들릴 때마다 급하게 꺼내는 호른은 오토바이 시동 거는 소리보다 더 시끄러운 소리를 낸다. 초등학교 때는 아빠의 오토바이 소리가 이렇게 싫지 않았고, 딱히 신경 쓰지도 않았다. 지금은 어떠냐면 어떻게든 저 오토바이 소리, 거기서 내려 걸어오는 발소리를 막고, 그만 불라는 아빠의 탁한 목소리를 뿔로 받아 버리고 싶다. 오토바이가 골목에 들어올 때부터 아빠가 집으로 들어올 때까지 내가 얼마나 긴장하는지는 호른 소리를 들어 보면 알 텐데. 엄마도 아빠도 내가 하고 싶은 말을 알아듣지 못한다.

아빠는 내 방을 들여다보며 종일 불었으면 이제 그만해, 3년 내내 불었는데 아직 삑사리가 나면 그만둬! 그런다. 아빠가 집에 오는 이때가 하루 중 내가 가장 신경질이 나는 시간이라는 걸, 그걸 어떻게 말해야 할지 몰라서 피스를 끼워 급하게 호른을 분다는 걸, 아빠의 목소리를 어떻게든 막으려 한다는 걸, 그게 소리 지르는 거라는 걸 아빠는 알려고도 하지 않는다. 그저 내가 종일 호른만 불었다고, 그렇게 불어 대는데도 음을 내지 못한다고, 그런 거 뭐 하러 부느냐고 같은 소리만 반복할 뿐이다.

엄마라고 뭐 다를까. 오토바이 소리가 들리면 엄마는 한숨부터 내뱉는다. 어휴, 어떻게 술 먹자는 친구도 없어. 그러고는 내게 소리를 지른다. 그만 좀 불어. 시끄럽잖아. 아빠한테 할 잔소리를 엄마는 내게 뱉어 낸다. 괜찮다. 호른은 그런 말들을 벨 속으로 다 빨아들이는 악기다. 호른은 어떨 때는 잔소리를 막는 방패가 되고 또 어떨 때는 소리를 지르는 뿔이 되니까.

아빠는 로더를 운전한다. 비탈을 오르거나 좁은 길로 건축 자재를 옮겨야 할 때 로더가 요긴하다고 했다. 아빠의 로더는 건축 자재를 옮기는 일도 하지만 흙을 담고 다지는 일까지 한다고 했다. 요즘은 전원주택 공사장에서 일하는데, 일을 마치면 오토바이를 끌고 퇴근한다.

오늘도 아빠의 퇴근 시간은 정확하다. 8시 15분 전이다. 그 시간에 맞춰 호른을 불어 대는 내가 지겨운지, 엄마는 시끄럽다며 소리를 꽥 지르는 것으로 아빠를 맞는다. 나는 엄마가 한숨보다는 소리를 지르는 게 더 좋다. 엄마의 한숨이 언제부터 반복되었더라.

아빠는 걸어 다녀도 될 거리를 굳이 오토바이를 끌고 다닌다. 전원주택 공사 현장은 양평이다. 양평까지 오토바이를 타고 가느냐 하면 그것도 아니다. 아빠는 집 근처 전철역에 오토바이를 세워 두고 전철을 타고 출근했다가 오토바이를 타고 돌아온다. 집에서 전철까지는 걸어서 10분밖에 안 걸리는데도 그러는 이유를 난 모르겠다.

아빠는 자기가 모르는 곳을 두 발로 걷는다는 걸 절대로 이해할 수 없는 사람이다. 아니, 그것은 아빠에게 평생 하지 말아야 할 일 중 하나인 듯, 세상에 그런 쓸데없는 짓이 어디 있느냐고 코웃음을 친다. 그럴 때마다 엄마는 그러면 뭐 하러 여행을 왔느냐고 했고, 아빠는 그러니까 돈 쓰고 걸어 다니는 짓을 왜 하자고 조르느냐고 팽팽하게 맞섰다. 어릴 때부터 그런 싸움을 하도 많이 봐서 이젠 그런가 보다 하는데, 말다툼의 끝은 그걸 하지 않는 것이다. 그래서 자연스럽게 가족 여행도 없어져 버렸다.

양복도 안 꺼내 놓고, 손수건 어디 있냐니까?

아빠가 또 소리를 질렀다. 엄마는 거기 찾아봐, 하다가 당신이 그게 왜 필요한데? 이거나 가져가, 하고 수건을 던졌다. 나는 슬그머니 방문을 닫았다.

어떻게 20년을 속일 수 있어!

갑자기 엄마가 소리를 질렀다. 잠깐 정전된 듯 조용하다가 방에 있는 물건들이 박살 나는 소리가 이어졌다. 이번에는 진짜 이혼하려나 보다 싶어 불똥이 튈까 봐 얼른 호른부터 케이스에 넣었다. 아빠는 엄마에게 소리를 지르다 문을 박차고 나가 버렸다. 드드드렁, 오토바이에 시동이 걸렸다. 그래 봤자 오토바이는 전철역에 세워 두고 공사장 근처에 있는 인부들 방에서 묵겠지. 아빠의 동선은 간단하다. 집과 밥집, 공사장, 집. 아빠의 하루는 잠과 밥과 일로만 채워져 있는 게 분명하다.

평소에도 전화를 하지 않는 아빠지만 이번에는 일주일이 지나도 들어오지 않고 있다. 불안하냐고? 천만에. 아빠가 가출한 일주일 내내 엄마와 나는 좋다. 아주 좋다. 아빠가 없는 집은 환하고 명랑하다. 엄마도 상냥하고 나도 신경질을 부릴 기회가 없다. 아빠의 가출을 유도하려고 엄마가 일부러 싸운 게 아닐까 싶을 정도다.

저녁은 뭐 먹을까? 우리 맛있는 거 먹으러 가자.

퇴근길에 엄마가 문자 메시지를 보내면 나는 먹고 싶은 걸 고른다. 엄마와 나는 동네 맛집을 돌아다니며 스파게티부터 떡볶이까지 저녁마다 골라 먹고 있다. 게다가 중학교 들어와서 뚝 끊겼던 대화라는 걸 한다. 엄마는 도시가스 검침을 하다 보면 좋은 집으로 이사하고 싶어진다고 하다가 점심은 누구랑 먹어? 좋아하는 애는 없어? 하고 물었다. 윤리 선생님이 철학자 같아서 좋다고 했더니 엄마는 남자 보는 취향이 엄마랑 같다고 했다.

취향이 같다고? 난 아빠 같은 사람이랑은 절대 안 살 건데.

설마 너, 엄마가 연애한 사람이 아빠뿐이었다고 생각하는 건 아니지?

우리의 대화는 결론을 내는 게 아니어서 이쪽에서 저쪽으로 참새 떼처럼 몰려다녔다. 남자 취향을 묻다가 갑자기 고등학교는 어디로 가고 싶으냐고 묻는 식이다. 그전에도 이런 질문이 없지는 않았지만, 저녁상에서는 항상 아빠가 입을 꾹 다물고 있다가 초를 치듯 한마디 던졌다.

그 성적으로 고등학교는 갈 수 있고!

아빠는 주변 사람들이 자신을 공격이라도 할 것처럼 상대방의 약점을 먼저 찌르는 것이 대화라고 생각한다. 더는 다음 이야기를 할 수 없게 입을 막아 버리는 것이다. 나는 아빠와 이야기하는 것 자체를 피하기로 했다. 그래도 하루하루가 흘러갔고 벌써 중학교 졸업을 앞두고 있으니까 고등학교만 졸업하면 아빠와도 빠이빠이다. 지금 내 심정은 그렇다.

그런데 엄마는? 엄마는 어떻게 할까? 매운 떡볶이를 먹으며 아빠와 이혼할 거냐고 물었다. 엄마는 그러고 싶다고 했다. 나는 좀 빨리 이혼할 수 없느냐고 했다. 엄마는 아빠 고집을 누가 꺾느냐며 한숨을 내쉬었다.

아빠 초등학교밖에 못 나왔다면서. 엄마도 여태 몰랐어?

엄마는 네가 어떻게 그걸 아느냐고 물었다.

코딱지만 한 집에서 엄마 아빠가 싸우면 그 소리가 다 어디로 가겠어. 아빠가 쪽팔려서 집 나간 거 아니야?

다 들었구나. 나도 이번에 알았어. 아빠가 답답한 사람인 건 알았지만, 학력마저 속였을 줄은 몰랐거든. 20년을 속고 살았다고 생각하니까 너무 허망하더라고. 어디다 풀 데도 없고. 윤아야, 나는 내가 존경할 수 있는 사람이랑 살아 보고 싶었어. 그런데 아빠하고는 말이 안 통해.

취향이 같다는 게 그거였구나. 그러니까 이혼하라고.

괜히 나를 이해시키려고 눈치를 보는 것 같아서 친구와 수다 떨 듯 툭 말해 버렸다.

근데 엄마, 아빠는 왜 초등학교밖에 못 나왔대?

시댁이라고 어디 물어볼 데가 있어야 나도 성질을 내겠는데, 그걸 말을 안 해. 결혼할 때부터 아빠는 혼자였거든.

아빠는 고아야?

가족들과도 연을 끊고 살아서……. 아빠랑 연애할 때는 내가 그 자리를 채워 주고 싶었지. 지금 생각하면 웃겨. 내가 뭐라고 네 아빠를…….

김말이를 내 입에 넣어 주며 엄마는 내가 미쳤지, 하는 표정을 지었다.

아빠, 젊었을 땐 이러지 않았어?

착한 사람이었지. 자기를 내세우지도 않고 어디 해를 끼치지 않는 착한 사람. 그때도 한곳에서 오래 있지 못하고 여기저기 떠돌면서 일을 했거든. 몇 달씩 외지에 갔다가 돌아오면

한 번씩 만났는데, 떨어져 있는 동안 보고 싶어지더라고. 여행가 같았어. 엄만 그때 집과 회사만 왔다 갔다 하던 때라 아빠가 그렇게 멋있어 보이더라고. 맞다, 그때 프러포즈로 통장도 받았었다.

프러포즈도 했어, 아빠가?

아빠가 엄마랑 결혼하고 싶어서 통장을 만들었다고 내미는데 월급을 착실히 모았더라고. 외지에서 쓸 돈 안 쓰고 살뜰하게. 자유로운 사람이 성실하기까지 하네, 그땐 그런 게 다 믿음직해 보였어.

떡볶이 집을 나와 거리를 걸으며 팔짱을 끼려다 엄마의 손을 잡았다.

엄마! 자유롭고 성실하고 착한 사람이었던 아빠가 왜 이렇게 된 거야? 지금은 전혀 그렇지 않잖아. 고지식하고 답답하고 자기만 아는 못된 사람. 아니야?

나 때문에 그렇겠지.

그렇게 생각하면 안 되지. 이혼할 거라면서. 그렇게 생각하면 평생 이혼할 수 없잖아.

너는 엄마랑 아빠가 이혼하면 좋겠어?

잠깐의 갈등도 없이 대답했다.

당연하지. 난 아빠 같은 사람이랑 절대 못 살아. 엄마가 몰라서 그러는데, 내 친구들 아빠를 보면 오빠 같아. 삼촌 같기도 하고. 아빠는 너무 아저씨야. 그것도 꼰대 아저씨. 난 대학 가면 무조건 기숙사로 갈 거야.

오랜만에 엄마와 손을 잡고 걸으며 아빠 흉을 보니 속이 시원했다. 길에는 은행이 폭탄처럼 떨어져 있었다. 엄마 손을 놓고 은행을 밟지 않으려고 까치발을 했다. 지하철역에서 사람들이 쏟아져 나왔다. 엄마는 역 근처의 자전거 세워 두는 곳을 두리번거렸다. 없네. 걸으면서도 계속 신경을 쓴 모양이었다. 요즘 3500원짜리 밥도 있나. 엄마는 문자 메시지를 보며 중얼댔다. 아빠는 가출을 해서도 엄마 카드로 결제하는 바람에 동선을 다 들키고 있었다.

아무튼 저녁 시간은 끝내주게 지킨다니까. 역전우동에는 3500원짜리 밥도 있니?

주메뉴는 따로 있고 사이드 메뉴로 양이 적은 덮밥이 있는데, 아빠는 덮밥만 시켰나 봐.

저녁으로 이걸 먹을 사람이 아닌데. 그런데 네 아빠가 왜 여기 가 있지?

엄마는 메시지에 찍힌 마산 창동점을 가리켰다. 이전 메시지를 보니 며칠 사이 산복분식, 만미당, 부림여인숙, 오동동 횟집이 찍혔는데, 이상한 건 '강신도양복점'이었다.

아빠가 양복점에도 들렀나 봐. 비싼 걸로 샀네.

엄마는 가격보다는 아빠의 동선에 고개를 갸웃하며 계속

중얼거렸다.

양복 입을 일도 없으면서 무슨 일이지. 마산엔 왜 내려간 거야.

오토바이를 타고 마산까지 내려간 걸까. 아빠는 음식점도 질릴 때까지 한곳만 다니는 사람인데. 양복을 사고 모르는 곳을 돌아다니려고 오토바이를 끌고 간 걸까. 아빠가 뭘 하고 있는지 궁금했다. 카드에 찍힌 곳을 시간대별로 점으로 이어 볼까. 그러면 이번에는 확실히 이혼할 수 있을지도 모르는데.

다음 날 뉴스를 보는데 정말 뜻밖의 일이 벌어졌다. 아빠가 뉴스에 나온 것이다. 가슴에 꽃을 달고 대통령과 악수하는 장면에서 엄마와 나는 맞지, 이게 뭐야 하는 눈빛을 교환했다. 저기 가려고 양복을 찾아 놓으라고 했구나, 엄마가 중얼거렸다. 아빠는 부마민주항쟁 40주년 기념식 맨 앞줄에서 대통령과 악수를 한 후 안경을 벗어 손수건으로 눈을 누르고 있었다.

아빠가 왜 저기 있어? 가슴에 꽃은 다 뭐야.

엄마는 가만히 화면을 보다가 그래서 손수건을 찾았구나, 하고 또 혼자서 말했다. 그런데 그게 끝이 아니었다. 다른 채널 뉴스에도 아빠가 나왔다. 40년 만에 국가 기념일이 되어 대통령이 참석하는 행사라고 했다. 또 다른 채널로 돌렸다. 이번에는 얼굴만 휙 비치는 것으로 끝나지 않고, 한쪽에는 리포터가 있고 다른 쪽에는 아빠가 앉아 이야기하는 인터뷰였다. 아빠를 뉴스와 인터뷰로 보게 되다니, 이게 무슨 일인가 싶었다.

카메라가 이름표에 적힌 '당시 15세'를 클로즈업했다. 얼른 아빠 나이에서 사십을 뺐다. 열다섯, 내 나이였다. 리포터는 그때 어떻게 붙잡혔느냐고 물었다. 긴장한 표정의 아빠는 누가 건드리면 도망갈 것처럼 두려워하는 눈빛이었다. 발끝을 모으고 손을 무릎에 올려놓은 아빠는 잔뜩 주눅 들어 카메라를 쳐다보지도 못하는 열다섯 살 소년 같았다. 아빠는 자장면 배달을 마치고 돌아오는 길에 창동 사거리를 지나다 시위대를 처음 보았다며 더듬거렸다.

엄마는 문자 메시지에 찍힌 카드 내역을 확인하며 창동점, 그래서 저기 간 거였네, 하고 퍼즐을 맞추듯 자꾸 혼잣말을 했다. 아빠는 그런 시위 장면은 처음 보았다고, 신기해서 따라다니다가 골목길에서 붙잡혔다고 했다. 그러더니 벌떡 일어나 두 손을 뒤쪽으로 보내며 뒤에서 이렇게 묶어 가지고, 하며 질질 끌려가는 시늉을 했다. 무슨 말인지 하나도 알아들을 수가 없었다. 내가 이해할 수 없는 말을 리포터는 다 알아들었다는 듯 끄덕이며 그동안 얼마나 힘드셨느냐고 했다.

힘들었다기보다는요, 내가 그래서 중학교 졸업도 못 하고……. 이 나이 되도록 낯선 길이 나오면 도망가고 싶어져요. 또 붙잡힐까 봐 한곳에 오래 있는 일도 못 하고, 골목길도 혼자 못 다니겠고. 가출한 중학생이 데모 구경하다가 끌려가서 42일 동안 고문당한 얘길 누구한테 하겠어요. 아무도 안 믿어요. 아내와 아이한테는 창피해서 여태 말도 못 하고 살았어요.

그런 세월이 40년이나 지난 거네요. 그런 분들이 많다고 그래요. 부산에서 불씨가 붙고 나흘 뒤에 마산에 위수령이 내려졌으니까요. 그런데 대통령 시해 사건으로 11일간 부산과 마산에서 이어지던 시위 물결이 순식간에 가라앉아 버렸죠. 사회 전체가 갑자기 애도하는 분위기로 바뀐 탓에 당시 독재 타도를 외쳤던 분들도 본의 아니게 입을 닫고 살았다고 합니다. 선생님은 당시 42일간 구금 구속되었는데, 부마항쟁 피해자들 중에서 가장 어린 나이로 알고 있어요. 그때 이야기도 해주세요. 왜 42일 동안 구속된 건가요?

어리니까, 뒤집어씌우기 쉬우니까 그러지 않았을까요. 사람들이 왜 시위를 하는 건지 난 전혀 몰랐거든요. 고문관이 네가 파출소에 불 질렀지, 하는데 난 안 했거든요. 근데 자꾸 내가 했다고 하는 거예요. 그때 저보다 한두 살 많은 고등학생도 있었어요. 그놈도 끌려온 것 같았는데, 그놈한테 고문관이 묻는 거예요. 너 쟤 봤지? 그놈이 끄덕끄덕하니까 돌멩이 하나를 내밀더라고. 그러면서 너 쟤가 파출소에 이 돌 던지는 거 봤어? 그딴 식으로 묻는 거예요. 세상에 돌멩이가 얼마나 많은데, 그 돌멩이가 시위대가 파출소를 습격한 뒤에 그 안에서 나온 돌멩이라는 거예요. 그걸 내가 던졌다고 하는데 그런 게 무슨 증거예요. 그런데 그때는 증거라니까 그게 증거가 되더라고요. 그놈이 나를 향해 손가락질을 하더라니까요. 누가 그랬어, 하는데 나를 보고 손가락질을 하더라고. 내가 아직도 그놈 손가락을 분질러 버리지 못한 게 분해요. 지금도 누가 나한테 손가락질을 하면 그걸 못 참고 정신이 확 돌아 버려요. 술병 깨서 싸우고. 그래서 몇 안 되던 친구들마저 하나 둘 다 떨어져 나가고. 아, 이게 아닌데……. 어디까지 했죠?

경찰서에 붙잡혀 들어간 후 증거가 된 돌 이야기를 하셨어요. 고문도 있었나요?

파출소에 돌 던지고 불 질렀다고 인정할 때까지 고문했어요. 종아리 사이에 막대기를 끼우고 꿇어앉히고는 위에서 밟아요. 그러면 내가 안 했는데도 했다는 소리가 여기, 목구멍까지 올라오거든요. 하루는 그렇게 넘기고 다음 날이 되면 내가 뭘 잘못했는지 알 수가 없으니까 속에서 열불이 나서 안 했다고, 나 파출소에 불 안 질렀다고 하면 고문관이 꼭지가 팍 돌아 가지고 더 심하게 때려서……. 그때 실신도 여러 번

했어요. 저녁에는 지하로 끌려갔다가 새벽에 눈 떠 보면 위층에 와 있고 그랬는데, 다른 건 하나도 기억이 안 나는데 이상하게 손수건은 생각나요.

손수건이요?

네, 손수건. 내 대갈통이 깨져서 피가 흐르니까 어떤 키 큰 누나가 자기 손수건으로 내 머리를 이렇게 꾹꾹 눌러 줬어요. 나는 지금도 그 손수건을 잊을 수가 없어요. 부산에서 마산으로 놀러 왔다가 집에 가기 싫어서 자장면집에서 배달하던 때란 말입니다. 마산에는 아는 사람 하나 없지, 시위하는 사람들을 생전 처음 보고 신기해서 따라다니다가 붙잡혔지, 고문관은 나한테 파출소에 불 질렀다고 하지, 내가 불 지르는 걸 봤다고 누구는 손가락으로 나를 가리키지……. 환장하겠더라고요. 내 편이 아무도 없는데 그 누나가 손수건으로 내 머리를 눌러주는 순간 눈물이 쏟아지더라고요. 그 누나를 오늘 기념식에서 만났어요. 네가 그때 그 중학생이가? 하는데 딱 알겠더라고요. 그때 잠깐 스치고 간 그 누나가 이렇게 생생하게 기억날 줄은 나도 몰랐어요. 내가 아직도 앞뒤 말을 조리 있게 못 해요. 아내를 처음 만났을 때도 손수건으로 내 얼굴을 닦아 주더라고요. 이 여자다 싶어서 꽉 붙잡았지요.

마산경찰서에 있을 때 그랬다는 말씀이죠? 지금은 시간이 많이 지났지만, 당시의 상처나 그런 건 혹시 없습니까?

아빠는 카메라를 향해 정수리를 들이밀었다. 카메라는 온 국민에게 보여 주려고 작정한 듯이 아빠의 정수리를 클로즈업했다. 리포터는 더 잘 보이게 오른쪽 머리카락을 젖혀 여기 만져지네요, 하며 맞장구를 쳤다. 아빠는 그런 상처가 등에도 있고 무릎에도 있다며 양복바지를 걷어 올렸다.

한번은 도라이바 같은 걸 내밀면서 내가 경찰관을 그걸로 찍었다는 거예요. 아니라고 하면 했다고 할 때까지 때리다가 자기들도 지치면 꿇어앉으라고 하고는 책상 사이에 막대기 끼워 놓고 나를 거기다 매달고는 발로 툭툭 건드리는 거예요. 야, 이 새끼야! 네가 돌 던졌잖아, 불어. 너, 집이 부산인데 마산에는 왜 왔어? 너 하나 여기서 없어져도 아무도 몰라! 울면서 안 그랬다고 하다가, 죽을 것 같아서 잘못했다고 하다가, 정신이 하나도 없었어요. 이게 그때 생긴 상처예요.

인터뷰가 끝나고 나서도 아빠는 걷어 올린 양복바지를 그대로 둔 채 리포터와 인사를 나누었다. 누가 알려 주지 않으면 계속 그러고 다닐 것처럼. 아빠한테 전화를 걸었다. 신호음이 열 번을 넘어가도 받지 않았다.

유튜브 검색창에 '부마'를 쳤다. 부마초, 부마 니토의 사당, 부마사태, 부마항쟁, 부마민주항쟁, 부마항쟁 기념식 등이 주르륵 떴다. 부마초부터 클릭했다. 초등학생들의 힙합댄스 영상이었다. 두 번째 영상을 열었다. 젤다의 전설, 야생의 숨결이라는 제목이 달린 부마 니토의 사당을 공략하는 게임 홍보였다. '1979, 그날의 부마'를 클릭하자 부산과 마산에서 박정희 타도를 외치던 학생들, 40년 전 오늘, 한국 현대사를 결정한 11일간의 기록, 시민들을 싹 다 탱크로 밀어 버리면 된다는 당시 군부 회의 자료들이 이어졌다. '40년 전 오늘, 무슨 일이 있었는지 아시나요'라는 동영상을 열었다. 수많은 사람들이 스크럼을 짜고 거리를 달리는 모습이 첫 장면이었다. '부산과 마산에서 거리로 뛰쳐나와 독재 타도를 외치는 시민들'이라는 자막이 흘렀다. 대학생들로 보이는 사람들 속에 아빠도 있었겠구나. 자장면 배달을 하다 시위대에 휩쓸려 따라다니던 열다섯 살의 남자아이. 나는 영상 속에서 자꾸 아빠를 찾고 있었다.

비가 오면 너무 힘들었어요. 비만 오면 사방에서 사람들의 절규가 들려오고 코에서 피 냄새가 맡아지는 거예요. '구름도 무거워지면 제 몸 허물어 조각조각 빗방울로 흩날린다'고 우리 이야기를 시로 쓴 시인이 그러던데, 10월 그날에 진짜 비가 왔거든요. 저녁부터 내렸으니까 데모한 사람들은 옷이 젖었을 것 아닙니까. 경찰서 끌려온 사람들 중에 옷이 젖은 사람은 등에 붉은 펜으로 A라고 적더라고요. A급은 적극 가담

자로 지하로 끌려가 고문을 당했거든요. 그때 어떤 중학생도 머리통이 깨져서 붙잡혀 왔어요. 그 애 옷을 보니까 다 젖었더라고. 그 애 옷에도 A라고 적힌 걸 봤어요. 얼마나 슬픈 일입니까. 그 어린애가 A급이 되는 말도 안 되는 시절이었으니. 마산경찰서에는 단 이틀 동안 붙잡혀 온 사람들이 500명이 넘었어요. 화장실도 갈 수 없이 빽빽해서 서 있던 자리에서 오줌을 누고 그럴 정도였으니까요. 그러니 그날 그때의 피 냄새가 아직도 잊히질 않아.

화장을 곱게 한 할머니가 말했다.

그날만 되면, 아니, 10월만 되면 그때의 기억이 떨쳐지지 않았어요. 그때 저는 고등학생이었는데, 10월만 되면 고통과 불안이 다양한 형태로 저에게 다가오는 거예요.

모자를 쓴 아저씨도 말했다. 영상을 멈추고 다시 아빠에게 전화를 걸었다. 아빠는 여전히 전화를 받지 않았다. 아빠는 바짓단을 내렸을까. 왠지 그대로 마산을 돌아다니고 있을 것 같았다. 같이 동영상을 보던 엄마가, 그날의 피 냄새가 잊히질 않는다는 할머니가 말한 시집이 엄마에게도 있다고 했다. 엄마는 허둥대며 시집을 하나 꺼내 왔다. 10월의 구름들! 시집의 제목이었다. 책이라는 걸 보지 않던 아빠가 엄마에게 선물한 거라고 했다.

처음엔 이 사람이 웬일로 시집을 선물하나 싶었지. 앞쪽을 보니까 누가 버린 시집을 나한테 준 것 같더라고. 그럼 그렇지 하고 던져 놨던 건데……. 아빠가 한 번도 그때 이야기를 한 적이 없어서 엄마도 모르고 있었어.

아빠는 그럼 지금까지, 리포터가 말한 것처럼 열다섯 살 이후 40년 동안 그때 이야기를 한 적이 없다는 건가. 그래서 그렇게 답답하고 고지식하고 자기만 아는 사람이 되어 버린 걸까. 가족 여행도 못 가고, 낯선 곳에도 못 가고, 그걸 감추려고 화를 냈던 걸까. 10분밖에 안 되는 거리를 오토바이를 타고 다니면서 누가 잡으러 온다는 무서움을 참았던 걸까. 아빠에게 오토바이는 고문의 상처에서 벗어나기 위한 선택이라는 생각이 들자 미안한 마음이 들었다. 엄마도 그런지 시집을 펼쳐 맨 앞 장에 적힌 아빠의 글씨를 보여 주었다.

'손수건 고마워, 옥희야.'

그 옆에는 아빠 도장이 찍혀 있었다. 이 시집의 시들을 아빠가 쓴 것처럼. 엄마는 이게 아빠한테 받은 첫 편지라고 했다. 다음 장에는 '1979년 10월 18일 전후, 부마민주항쟁의 그곳에서 우리가 되어 함께한 모든 이에게 이 시집을 바친다.'라는 시인의 헌사가 있었다.

그날 밤 엄마와 나는 한 편 한 편 시를 읽어 나갔다. 시집에는 아빠가 돌아다녔던 만미당과 창동, 오동동 같은 이름들이 적혀 있었다. 시집에 나오는, 머리채를 잡힌 채 질질 끌려갔다는 바바리코트의 여학생이 영상에 나온 비만 오면 힘들었다는 할머니일까. 그 할머니가 말한 중학생이 비에 젖은 옷을 입은 아빠였을까. 시집에 아빠 이름은 없었다. 열다섯 소년도 없었다. 하지만 엄마도 나도 '10월의 구름들' 중 하나가 아빠라는 걸 알 수 있었다.

11시 30분, 마산횟집에서 결제한 내역이 문자 메시지로 떴다. 아빠는 짠돌이라 밥값을 먼저 내는 사람이 아닌데. 결제 금액이 열댓 명의 밥값은 될 법한 액수였다. 엄마도 나도 지금 아빠가 누구와 있는지 점점 궁금해졌다. 아빠가 지금 무얼 하는지도. 아빠가 누군가와 함께 있다는 것, 그것은 아빠가 텔레비전에 나오고 40년이나 고문의 흔적을 입에 담지 못하고 살아온 것만큼이나 충격이었다. 엄마는 마산에 내려가야겠다고 했다. 나도 체험 학습 신청서를 내고 같이 가기로 했다.

마산으로 가는 기차는 역방향 자리였다. 기차가 가는 방향을 등지고 있으니 몸은 서울역을 떠나 수원을 지나는데 눈은 우리가 있던 곳을 계속 바라보았다. 엄마는 부마민주항쟁을 검색해 내게 내밀었다. 국가 기념일 행사 동영상이 그사이 더 늘었다. 아빠를 인터뷰한 동영상도 두 개나 올라와 있었다. 공식 인터뷰 말고 누군가 아빠를 소개하고 자유롭게 이야기하는 장면을 통째로 올린 거였다.

이거 봤어?

엄마가 물었다.

아니, 같이 볼까?

엄마는 고개를 저었다.

혼자 있을 때 보는 게 좋겠어. 아빠가 우리 윤아랑 같은 반 남자애 같아.

나는 이어폰을 꽂고 동영상을 틀었다. 아빠는 처음부터 풀어야 한다는 듯, 마산에 가게 된 사연을 설명하고 있었다.

중학교 3학년이니까 열다섯이었어. 방학하고 며칠 지나 친구 녀석이 마산을 가자는 거예요. 누나 심부름으로 가야 하는데, 혼자 가기 싫으니까 여행도 할 겸 같이 가자고. 심부름이 뭐냐니까, 누나가 마산 수출 자유 지역에서 일한다는 거야. 들어 본 적은 있었지. 거기 가면 여자애도 엄청 많고, 그때 팔랑거리는 바지가 유행이었는데 그 나팔바지로 바닥을 쓸고 다닌다는 데가 수출 공단이었거든. 그 친구 누나가 거기 구두 공장인가에 취직을 했다고. 그래서 몇 달 모은 월급을 가져가라고 했대요. 그때만 해도 우체국에서 부치면 없어질 수도 있고, 믿을 수가 없었거든. 공장에 처음 들어가서 피같이 번 돈인데 동생한테 와서 가져가라고 한 거야. ……그길로 차를 탔어. 집에서 입던 옷 그대로 입고 차를 탄 거야. 가서 얼마나 있을지, 어디서 잘지 그런 건 생각도 못 했지. 집에 얘기도 안 하고 친구 따라나선 길이 40년이 지난 거야. 그러니 그걸 어떻게 얘기해요. 어디부터 하면 좋겠소.

엄마는 옆자리에서 시집을 읽고 있었다. 동영상을 닫고 엄마에게 아빠랑 이혼할 거냐고 물었다. 이번에는 엄마가 당연하지, 라고 말했다. 이혼할 거라면서 마산에는 왜 가느냐고 물었다. 엄마는 주머니에서 손수건을 꺼냈다.

아빠가 집 나가기 전에…… 손수건을 찾아 달라고 했었어.

손수건 주려고?

만날 수 있으면. 그런데…… 윤아야?

엄마가 천천히 나를 불렀다.

알았잖아. 알고도 모른 체하면 안 되지. 지금껏 그런 기억을 껴안고 살았다는 게, 남편이 아니라 내 아이가 그런 것처럼 가슴이 저리네. 얼굴은 한번 보고 싶어서. 그래야 할 것 같아.

엄마는 집 나간 아빠가 아니라, 40년 전 길을 잃은 열다섯 살 아이를 찾으러 나선 것 같았다. 하도 진지하게 말을 해서 내가 할 말이 없어졌다. 알고도 모른 체하면 안 된다는 말이 머릿속에서 자꾸 맴돌았다. 나는 이번에 엄마와 아빠가 이혼하면 졸업 연주회 초대장을 아빠에게 정식으로 보내겠다고 우스갯소리를 했다. 엄마는 내게 호른이 왜 그렇게 좋으냐고 물었다.

들어 보면 알아.

여태 귀가 아프게 들었지.

그게 아니라 오케스트라 공연을 들어 봐야 안다고.

호른이 왜 좋으냐니까.

호른이 있으면 소리들이, 이렇게…….

두 손을 펼치다 점점 좁혔다.

모여.

소리가 모인다고?

나는 가방에서 종이를 꺼내 호른을 그렸다.

이게 호른이야.

종이에는 달팽이관과 소리가 퍼지고 모이는 벨을 그렸다.

오케스트라 악기 중에 가장 긴 게 뭔지 알아?

호른이구나.

달팽이관에 화살표 방향을 그리고 긴 뿔호른을 그렸다.

얘를 다 펴면 이런 모양이 되거든.

이렇게 길어?

그러니까 소리내기가 쉬운 게 아니거든. 금관 악기 중에 소리통이 가장 긴 악기가 호른이야.

이렇게 길어서 소리가 잘 안 났던 거구나. 그동안 우리 윤아가 엄청 연습을 한 거였네. 아빠도…….

아빠도 뭐?

40년 동안 못한 말을 하려니 제대로 말할 수 없었겠다는 생각이 들어서. 그치?

나는 고개를 끄덕였다. 엄마는 왜 호른이 좋으냐는 대답을 기다리다가, 그러니까 호른이 왜 좋으냐고 재촉했다. 호른이 뿔도 되고 방패도 된다는 것만으로는 부족했다. 좋아하는 이유가 나올 것처럼 간질간질한데 그걸 설명하는 건 한 번에 되는 일이 아니었다.

호른이 없어도 오케스트라는 굴러가지만…….

내 말이 그거야. 근데 너는 왜 호른이 좋으냐고. 플루트도 있고 첼로도 있고, 아니면 드럼도 있잖아. 그런데 왜 호른이냐고.

왜 호른이 좋은지를 정확하게 말할 수가 없었다. 하지만 중학교 3년 동안 호른을 불면서 내가 알아낸 건 어떻게든 표현하고 싶었다. 기억 같다는 생각, 여러 개의 악기가 저마다 소리를 내고 그 소리를 모아 한 곡이 완성되듯, 바바리코트 할머니와 모자를 쓴 고등학생 아저씨와 열다섯 살의 아빠가 각자의 기억을 꺼내 40년 만에 맞춰 보는 것, 그 시간이 호른의 관처럼 느껴졌다. 그걸 설명하려고 종이에 그림을 그리고 딴소리를 하는 동안 기차는 어느새 청도를 지나고 있었다. 창밖으로 구름이 모이고 흩어지면서 다른 풍경을 만드는 것이 보였다.

호른이 있으면 플루트를 더 플루트답게 해 줘. 첼로도 그렇고 플루트도 그래. 첼로가 소리를 내다가 호른이 섞이면 첼로가 더 첼로 같아지거든. 플루트도 더 플루트 같아지고.

첼로를 더 첼로 같게 해 준단 말이지.

내가 오케스트라 악기랑 다 맞춰 봤어. 첼로만 그런 게 아니고 바이올린도 그랬어. 비올라도 그렇고. 그때부터 호른이 진짜 좋아지더라고. 오케스트라에서 피아노는 모든 악기의 시작을 잡아 주고, 호른은 다양한 악기들의 소리를 모아 주는 거야.

호른만 가지고는 호른을 표현할 수 없었다. 그래서 다른 악기와 함께 있을 때 호른이 어떤 음을 내는지를 설명했다. 호른은 혼자 튀는 것이 아니라 각각의 악기가 돋보이게끔 음을 모아 주는 악기였다. 엄마는 내 머리를 쓰다듬으며 손수건 같은 거네, 라고 했다.

손수건? 호른이 손수건 같다고?

엄마는 대답 대신 시집의 맨 앞 장을 손가락으로 짚었다.

'손수건 고마워, 옥희야.'

같은 말인데도 시집을 보기 전에 느꼈던 감정과는 다르게 다가왔다. 세 단어의 연결일 뿐인데, 손수건도, 고맙다는 말도, 엄마의 이름도, 아무도 한곳에 모아 놓지 않은 아빠만의 시로 느껴졌다. 다른 건 하나도 기억이 안 나는데 이상하게 손수건만은 또렷하게 떠오른다던 열다섯 살의 아빠가 보낸 편지가 이제야, 40년 만에 도착한 것 같았다.

다음 역은 마산, 마산역에 내리실 분은 준비해 주세요, 라는 안내 방송이 나왔다. 창밖의 하늘을 쳐다보았다. 아직 무거워지지 않은 비를 품은 10월의 구름들이 모여드는 곳, 엄마도 나도 마산은 처음이었다.

• 소설 속의 시와 시집은 우무석 시인의 부마민주항쟁 기념시집 『10월의 구름들』에서 인용했습니다.

1979년 10월 16일 부산에서 시작해 마산으로 그리고 1980년 5월 광주로 이어진 저항의 역사를 들여다봅니다. 부마민주항쟁은 그때부터 40년이 지난 2019년, 국가 기념일로 지정되었습니다. 소설 속 '당시 15세'였던 자장면 배달원을 만나 그동안 어떻게 지냈는지, 왜 그 어린 나이에 고문을 당해야 했는지, 지금은 어떻게 살고 있는지를 물었습니다. 소설가란 참 매정한 직업이지요. 상처를 만질 새도 없이 질문을 퍼부었으니까요. 그는 국가 기념일 행사에서 열다섯 살 그때로 돌아간 듯 울더군요. 살면서 누가 자신에게 손가락질을 하면 참지 못하고 큰 싸움을 벌였다고 했어요. 그러면서 골목길에서 붙잡힐 때 고향인 부산의 바다 냄새가 나더라고, 자장면 배달을 하면서도 그때까지 마산이 바닷가인 줄 몰랐다고 했습니다. 그를 만나고 돌아오는 기차에서 열다섯 살은 마산이 바닷가인지도 모르는 그런 나이였겠구나 싶었습니다. 소설을 쓰면서 열다섯 살의 아빠를 어떻게 이해해야 할까 고민하는 윤아가 되어 보았습니다. 악기들의 소리를 모아 주는 호른처럼, 상처를 만져 주는 손수건처럼, 공동의 기억이란 그들의 이야기를 들을 수 있는 독자에게서 완성되는 게 아닐까 싶어요.

[너의 손을 잡고서]

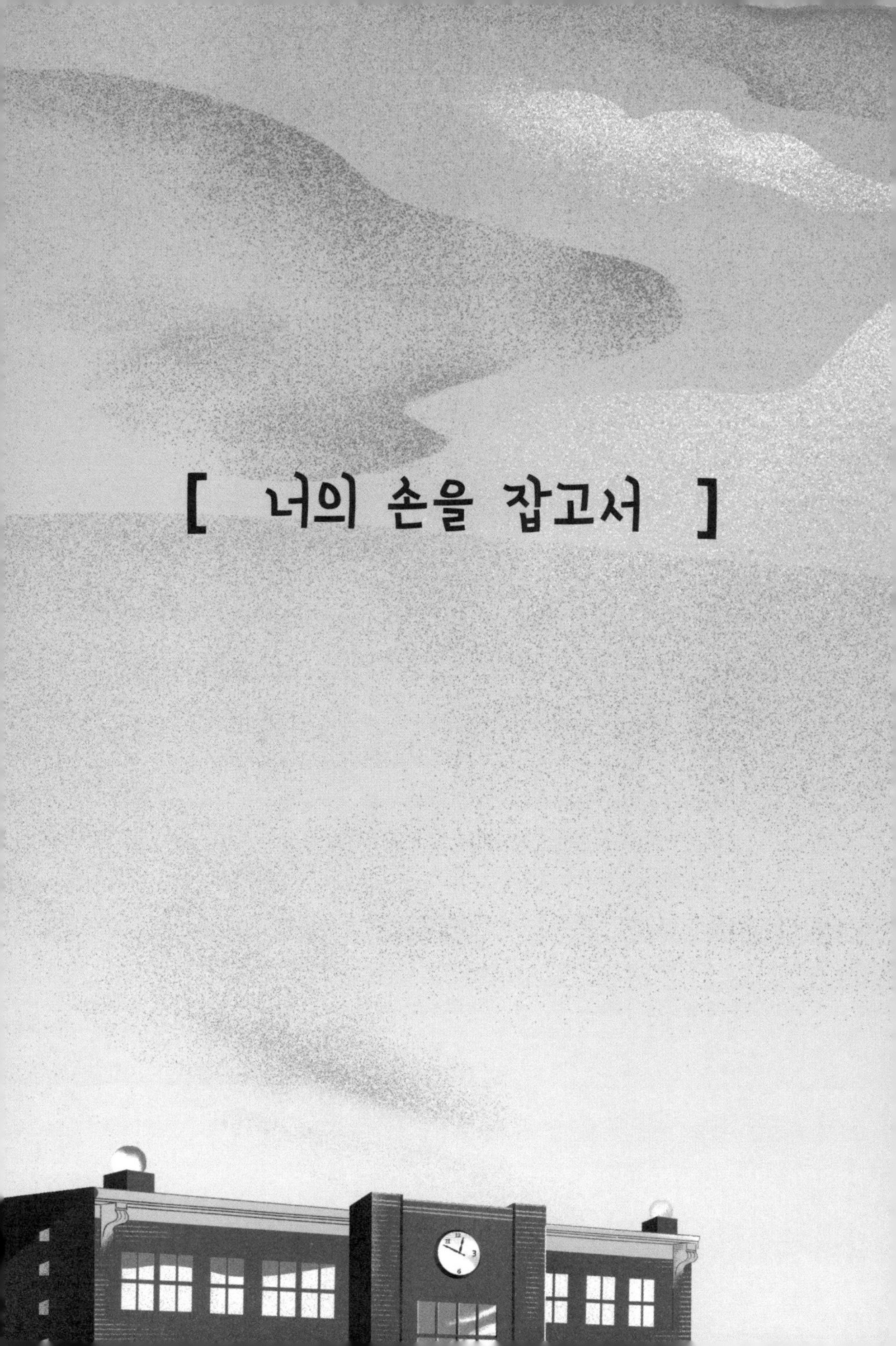

전혜진

2007년 라이트노벨『월하의 동사무소』로 데뷔했다. SF 단편집『홍등의 골목』과『족쇄: 두 남매 이야기』『자살 클럽』『280일: 누가 임신을 아름답다 했던가』등을 출간했으며, 『다행히 졸업』『텅 빈 거품』『감겨진 눈 아래에』『살을 섞다』등의 앤솔러지에 참여했다. 소설과 만화, 웹툰 스토리 분야에서 다양하게 활동 중이다.

교련을 담당하는 신영길 선생, 아니, '소령님'은 아침마다 검은색 선글라스를 번득이며 교문을 지켰다. 아이들 사이에서는 그를 둘러싸고 묘한 소문이 돌았다. 원래 교문은 학주가 담당했는데, 작년 가을에 교련이 학주와 결투를 벌여 빼앗았다는 이야기였다.

"남자 중의 남자 아니냐, 소령님."

그리고 그런 시시한 소문을 믿는 일부 남자애들은, 교련을 떠받들며 영웅 취급하기까지 했다.

"남자라면 말이야, 자기가 원하는 건 싸워서 손에 넣어야지!"

"신영길 소령님, 교문을 손에 넣으십시오!"

수현은 같은 반 남자애들의 이야기를 듣다가, 문득 좀 지나치다고 생각했다. 그렇게 수시로 두들겨 맞으면서 자기를 때리는 사람을 영웅처럼 떠받들 수 있다는 게 놀랍기도 했다.

영길은 재수 없는 인간이었고, 수시로 애들을 두들겨 패며 자기가 공수 부대 출신이라고 강조하곤 했다. 하지만 아무리 폭력에 이골이 난 사람이라도 그렇지, 설마 선생이 다른 선생과 정말로 치고받고 싸웠을까. 그럴 리 없지. 여긴 사립학교이고, 사립에서는 또 그 나름의 희한한 방법이 있기 마련일 거다.

그런 이야기가 나올 때면 여자애들은 말하곤 했다.

"그냥 우리 양호쌤한테 교련 배우면 안 되냐?"

교련 이론은 영길이 가르치지만, 실기는 남학생 따로, 여학생 따로 나누어 진행한다. 남자애들이 운동장에서 제식 훈련을 하는 동안, 여자애들은 교실에서 양호 교사인 김미경 선생에게 삼각건이나 압박 붕대 감는 법을 배웠다.

같은 교련 수업이라도 미경의 수업 방식은 영길과 달랐다. 수업에 집중했고, 함부로 욕하거나 때리지도 않았다. 맨 처음 교련 실기 수업이 끝나자마자, 1학년 여자애들은 대부분 미경의 팬이 되고 말았다.

"이건 차이가 나도 너무 나잖아."

"소령이 수업 시간에 한 게 뭐가 있냐? 진도도 안 나가고.

자기 월남전 간 얘기만 하잖아."

"월남전 얘기만 하면 다행이게. 지휘봉 갖고 남의 가슴이나 쿡쿡 찌르고 말이야."

영길은 이른바 참전 용사였다. 걸핏하면 수업 시간 내내 자기가 베트남에서 사람을 얼마나 잘 죽였는지 자랑스레 떠벌리곤 했다. 자기가 람보처럼 총을 갈기면 백발백중으로 베트콩들이 죽었고, 정글도를 휘두르면 베트콩의 목이 떨어졌다면서 지휘봉을 망나니처럼 휘두르기도 했다. 아이들이 심드렁한 표정을 지으면 바로 책상 위에 무릎을 꿇리거나, 더러는 때렸다. 여자애들의 경우에는 가슴을 툭툭 건드리거나 브래지어 끈을 잡아당겼다. 한번은 수업 시간에 이런 말도 했다.

"전쟁 나면 너희 같은 여고생들은 어휴, 내가 그냥 아주 확……."

한마디로, 영길은 이 학교의 미친개였다. 학교마다 흔한 미친개. 인간 말종 개쓰레기.

"양호쌤이 교련 해 주면 성적 잘 나올 것 같은데, 그렇지 않아?"

"근데 양호가 교련 맡으면, 소령이 교문에 이어 양호실까지 차지하지 않을까?"

"으, 그건 안 되지."

여자애들은 다들 한숨을 폭 내쉬었다.

*

간호사 출신인 이유도 있겠지만, 미경은 손재주가 좋았다. 조금이라도 짬이 나면 미경은 부지런히 손을 놀려 꼬물꼬물 뭔가를 만들곤 했다. 작은 캔버스에 아크릴 물감으로 그림을 그리거나, 도톰한 지우개를 조각칼로 파서 스탬프 따위를 만드는 솜씨는 이미 학교 안에서 유명했다.

"요즘 대학 농구 연맹전 때문에 난리도 아니에요. 애들이 다들 농구 얘기만 해요."

수현이 양호실에서 빈둥거리며 수다를 떠는 동안 미경은 사포로 전각용 돌을 문질러 매끈하게 만들고 있었다. 얼마 전 1학년들이 미술 시간에 전각을 배울 때 학교 앞 문구점에서 열 세트쯤 사 온 것이었다.

"남자애들은 다들 『슬램덩크』 흉내만 내요. 자기들이 강백호니 서태웅이니 하면서. 아, 참! 쌤도 이서희 아시죠? 우리 반 1등이요. 걔가 연세대 팬이에요. 자기는 서울대 갈 성적 나와도 연세대 갈 거래요."

미경은 수현이 재잘거리는 소리를 들으면서, 매끈하게 문지른 도장의 인면 위에 연필로 흐릿하게, 사람 이름 같은 것을 거꾸로 그리기 시작했다.

"그거 정말 어떻게 하시는 거예요?"

"그냥 이렇게 뒤집어서 글자를 쓰고. 그리고 파는 거지. 근데 왜?"

"전 그게 안 되더라고요. 저 미술 시간에 이름을 잘못 새겨서 C 받았어요. 그랬더니 애들이 망둑어 같다고 놀리는 거 있죠."

"망둑어 맞네."

미경은 낮게 소리 내어 웃다가 말했다.

"연습하면 돼. 미술 시간에 겨우 한 번 하고 마는데, 그게 잘되겠어."

"그래도요. 잘하는 애들은 잘한다고요."

"양호실 왔으면 자라, 윤수현."

미경이 그렇게 이름을 부르면, 수현은 어깨를 움츠리며 조용히 자는 척을 했다.

누가 봐도 수현은 꾀병을 부리는 중이었다. 하지만 미경은 쉬겠다고 오는 아이들을 굳이 혼내지 않았다. 미경은 사람은 아프면 쉬어야 하고, 아침밥은 꼭 먹어야 한다고 늘 말했다. 피곤해서 낮잠 좀 자고 싶다고 솔직하게 말하면, 한심한 녀석이라고 이마에 딱밤을 먹이면서도 침대를 내주곤 했다. 그런 모습은 선생님 같지 않았지만, 수현은 그런 미경이 좋았다.

"쌤, 근데 교련은 왜 배워요?"

1층 양호실 창문 밖으로 운동장이 내다보였다. 운동장에서는 영길이 남학생 두 반을 모아서 제식 훈련을 하고 있었다. 수현은 창밖을 바라보다가 문득 물었다.

"3단계 3기조 같은 건 국사나 정치 경제로 배워도 되잖아요. 공연히 분량만 많고."

"이것도 많이 줄어든 거야. 옛날에는 교련복까지 따로 입었어. 너도 어릴 때 본 적 있을걸? 하얀색에 이렇게 얼룩덜룩한 검정 무늬 들어간 옷. 그런 옷 입고 남자애들은 총검술도 배우고. 아, 너 학교에 무기창고 있는 거 알아? 거기에 나무로 만든 총들이 있어. 진짜 총도 있을걸?"

"총이 학교에 있다고요?"

"응. 공이는 없지만. 옛날에는 실기로 그거 분해 조립하는 거 했거든. 여자애들은 운동장에서 들것 들고 달리거나 환자 운반하거나. 심지어는 대학에 가도 교련이 있었다? 남자애들은 대학 가서도, 문무대니 전방 입소니 해서 1주일씩 군부대에 가야 했지."

"으, 끔찍해!"

"88 서울 올림픽 무렵에야 없어졌어."

미경이 글자가 새겨진 전각용 돌을 만지작거리며 말했다.

"올림픽이 좋긴 좋았네요. 저는 그, 굴렁쇠밖에 생각이 안 나는데."

미경은 아무 말도 하지 않았다. 수현은 그 침묵이 왠지 부자연스럽게 느껴졌다.

양호실 침대 이불에서는 소독약 냄새가 희미하게 올라왔다. 딱딱한 레자로 겉을 두른 베개에 머리를 기댄 채 뒹굴뒹굴하다가, 수현은 깜박 잠이 들었다. 미경의 그 침묵에 관해서는 끝끝내 묻지 못한 채였다.

*

운동장에 헌혈차 두 대가 들어왔다. 수험 공부로 누렇게 뜬 3학년들이 그 앞에 줄을 섰다.

내신이 뭔지, 봉사 점수가 뭔지……. 작년에도 헌혈한다고 피 뽑다가 기절한 학생이 있었다. 자율 학습과 0교시 보충 수업을 생각하면 피를 뽑기엔 수면 시간 자체가 부족한 아이들인데……. 미경은 헌혈차에 오르며 낯을 찌푸렸다.

"선생님도 하시려고요?"

헌혈차 간호사가 물었다. 미경은 아무 대꾸 없이 무표정하게 소매를 걷었다.

미경이 처음 헌혈한 것은 고등학생 때였다. 지금도 그 날짜는 또렷이 기억한다. 고등학교 2학년 때, 5월 21일. 휴교령이 내려진 다음 날이자 부처님 오신 날이었다.

지금도 눈을 감으면, 그날을 생생하게 떠올릴 수 있다. 학교 바로 옆, 광주기독병원에 들어서자마자 밀려들던 아찔한 냄새, 또 냄새들을. 공기 중에 피를 분무기로 뿌린 듯한 피비린내도, 병원 마당에 이리저리 누운 시신들이 뿜어내는 살이 썩어 가는 냄새도.

부상자들은 피를 쏟으며 끝도 없이 실려 들어왔다. 전남대병원은 이미 복도에까지 사람들이 누워 있다고 했다. 전부 계엄군에게 구타당하거나 총에 맞은 사람들이었다.

신군부 세력이 계엄령을 선포했다. 국회가 무력으로 봉쇄되고, 정치인이며 교수들, 재야인사들이 끌려갔다. 그리고 학생들이 거리로 나섰다.

비상계엄 해제하라!

공수 부대가 밀려왔다. 그들은 광주 사람들을 불순분자라고, 고정간첩들이라고 몰아세웠다. 청각 장애인이 폭행으로 살해당했다. 간호사가 옷이 찢긴 채 끌려갔다. 평범한 신혼부부가 길거리에서 몽둥이로 구타당했다.

전두환은 물러가라! 비상계엄 해제하라!

금남로에서 시위가 있었다. 어른들은 위험하니 가지 말라고 했지만, 미경도 친구들과 함께 거리로 나갔다. 전남대학교, 계림초등학교, 광주역, 광주은행 본점, 어딜 가도 사람들이 가득했다.

김대중을 석방하라! 비상계엄 해제하라!

사람들이 구호를 외치며 각목이며 돌멩이 같은 것을 끝없이 날랐다. 미경도 그들 속에 있었다. 친구들과 함께 벽돌이나 기왓장을 떼어 내고, 광주천변에서 돌멩이들을 주워 날랐다. 아주머니들은 주먹밥을 빚었다. 교복 또는 교련복 차림의 젊은 남자들이 각목이나 돌멩이를 손에 들고 우우 소리치며 앞장섰다. 몇몇은 트럭 뒤에 타고 각목으로 차체를 탕탕 두드리며 구호를 외쳤다.

그리고 도청 앞에, 군인들이 있었다.

전두환은 물러가라!
비상계엄 해제하라!

겹겹이 줄을 지어 선 군인들이 시민들과 대치했다. 한 겹 한 겹, 마치 맨 앞줄이 무너지면 그다음이, 또 그다음이 나와서 계속 너희를 때리고 짓밟고 쓰러뜨리겠다는 듯이. 시민들은 대로로 쏟아져 나와 소리 높이 구호를 외쳤다. 문득 두려워졌다. 총을 든 군인 한 명을 붙잡으려면, 도대체 시민 몇 명이 맞서 싸워야 하는 것일까. 저만큼이나 되는 군인들을 막으려면, 얼마나 많은 사람들이 필요할까…….

점심때가 지났다. 어린아이들과 노인들이 뻔히 보이는데도 군인들은 최루탄을 쏘아 올렸다. 독하고 매캐한 냄새에 사람들이 쿨럭거리며 코와 입을 가렸다. 어떤 남자들은 러닝셔츠를 벗어서 목에 둘둘 감고 입을 가렸다. 누가 치약을 코 밑에 바르라고 외쳤다. 어디서 났는지 옆에서 치약을 건넸다. 콩알만큼 짜서 코 밑에 바르고, 손수건으로 입을 가렸다.

군인들은 무표정했다. 아니, 처덕처덕 바른 위장 크림 때문인지 얼굴이 제대로 보이지 않았다. 오직 잘 닦인 총신만이 정오의 햇살 아래 반짝거렸다.

문득 그런 생각이 들었다. 마치 얼굴 없는 저승사자들 같다고. 어쩌면 저 계엄군들은 정말 이곳에서 끝장을 보려는 게 아닐까.

그때 갑자기 아득할 정도의 소리가 났다.

도망쳐요!

그건 소설책 속에 나오는 '탕탕탕' 하는 소리와는 거리가 멀었다. 행렬의 제법 뒤쪽에 있었는데도, 마치 바로 귀 옆에서 천둥이 치는 듯했다. 총성에 놀라 넋을 잃고 주저앉는 사람도 있었다. 몇몇은 손으로 머리를 감싸며 엉금엉금 기었다.

그건 위협이 아니었다. 정말로 사람을 겨누어 쏜 거였다. 주먹밥을 베어 물던 청년이 옆구리를 움켜쥐었다. 흰색 러닝셔츠가 시뻘건 피로 물들었다. 시위대 앞에 선 젊은 남자가 마이크를 들고 소리쳤다.

제발 총 쏘지 말고 말로 합시…… 악!

남자가 말을 채 끝내기도 전에 계엄군이 남자를 향해 총을 쏘았다. 조금 전까지 기세 좋게 군인들에게 맞서 구호를 외치던 사람들이 비명을 지르며 땅에 뒹굴었다. 문자 그대로 아비규환이었다.

미경은 혼란 속에서 친구들을 놓쳤다. 그 자리에 가만히 있을 수는 없어서 일단 도망쳤다. 그 와중에도 사람들은 혼자 도망치지 않았다. 쓰러진 사람들 중에 아는 얼굴이 있으면 어떻게든 끌어내 등에 업었다. 그리고 저마다 가까운 골목길을 향해 뛰었다. 대로 쪽에서 누가 외치는 소리가 들렸다.

싸웁시다! 같이 나가서 싸웁시다!

귀를 막았다. 끝도 없이 눈물이 쏟아졌다. 친구들은 어떻게 됐을까. 누가 총에 맞지는 않았을까. 피를 흘리며 병원으로 실려 가지는 않았을까. 어쩌면, 혹시 나 혼자만 살아남은 건 아닐까. 도망치는 수많은 사람들 사이에서, 미경은 문득 생각했다. 도망치다 신발 한 짝이 벗겨져 없어졌지만, 이대로 집에 돌아갈 수는 없었다.

그래서 간 곳이, 병원이었다. 학교에서 바로 지척인 광주기독병원. 누군가 다쳤다면 그쪽으로 올 테니까.

다행히 미경의 친구들은 거기에 없었다. 하지만 총을 맞고 실려 온 사람들이 가득했다. 이미 숨진 사람들의 시신 위에는 태극기가 덮였다. 달려온 유족들이 흐느끼며 애국가를 불렀다. 우리는 저들이 말하는 빨갱이가 아니라고. 폭도가 아니라고. 그렇게 항변하는 듯한. 통곡보다 지독하게 심장에 죄어드는 애국가였다.

미경은 그곳에서 처음으로 헌혈을 했다. 이미 죽은 사람들과 죽어 가는 사람들이 쏟아 내는 피 냄새 한가운데에서, 산 사람의 몸에서 흐르는 피의 체온을 실감하면서.

평화로운 헌혈차에서 제 몸에 바늘을 꽂고 누운 채, 미경은 그때의 일들을 가만히 반추하고 있었다.

그때였다.

"아이고, 교장 선생님!"

반쯤 열린 창문 너머에서 불쾌한 목소리가 들려왔다.

"제가 말입니다, 왕년에 월남 갔다 오지 않았습니까. 월남. 아주 람보처럼 말입니다. 하하하하."

신영길 선생이었다. 매사 아이들을 윽박지르고, 다른 선생들을 두고는 사범대나 곱게 나와 세상 물정 모르는 샌님들 취급하면서, 아직도 자기가 장교라며 으스대는 또라이 새끼. 그 재수 없는 인간이 교장 앞에서, 저러다가 지문도 남지 않겠다 싶을 만큼 손바닥을 비벼 대며 굽실거리고 있었다.

영길이 교장에게 아첨하는 이유는 뻔했다. 교련이 선택 과목이 될 거라는 말이 나왔기 때문이다. 문민정부가 들어선 뒤로 교련 과목은 점점 축소되고 있었다. 제때에 승진하지 못하고 군복을 벗은 뒤 교련 선생이 된 저 남자가 어떻게든 제 과목을 지키기 위해 교장에게 아첨하는 것도 무리는 아니었다. 이 학교 학부모들만 해도, 입시와 상관없는 과목은 줄이든가 자습으로 대체하고 수능에 나오는 과목을 더 공부시켜 주기를 다들 바라고 있으니까.

'먹고살려고 다들 아등바등하는 거지.'

문득 고등학교 다닐 때 교련 시간이 생각났다. 한심하도록 촌스러운 교련복을 입고 강당에 쪼그려 앉아 삼각건 감는 법을 배웠다. 먼지가 뽀얗게 날리던 운동장에서 머리가 어질어질하도록 들것을 들고 달렸다. 그럴 때면 바로 근처의 석산고 남학생들이 총검술을 연습하는 기합 소리가 담을 넘어 이쪽까지 들려오곤 했다.

아직 모든 것이 망가지기 전까지는.

*

"아, 그렇지. 쌤, 동아리 선배들이 광주 사태 사진들 보여줬어요."

침대에서 빈둥거리던 수현이 불쑥 고개를 들며 말했다. 서류를 정리하던 미경은 손을 멈추고 수현을 돌아보았다.

"광주?"

"작년에 드라마로도 나왔잖아요. 〈모래시계〉에."

드라마라. 그렇구나. 드라마에 나왔지. 불과 얼마 전까지만 해도 광주에서 벌어진 일은 다들 쉬쉬하는 이야기였다. 문민정부가 들어서면서 5·18 진상 규명을 촉구하는 집회들이 열리고, 드라마에 나오고, 또 5·18 특별법이 만들어지고, 전직 대통령들이 구속되면서야 이렇게 말할 수 있게 되었다.

그렇다고는 해도, 광주와 상관없이 살아온 사람들에게는

아직도 드라마 속 이야기인 걸까. 수현은 올해 고등학교 1학년이다. 아마 1980년, 그해에 태어났겠지. 그걸 이해하면서도 미경은 조금 맥이 풀렸다.

"광주 사태가 아니다."

미경은 한숨을 쉬며 수현의 말을 바로잡았다.

"광주민중항쟁, 민주화운동이야. 사진을 봤으면, 어떤 사진을 본 거니? 애기가 아빠 사진 안고 있는 거?"

"그리고 무슨 체육관 같은 곳에 태극기를 덮은 관이 잔뜩 놓여 있는 사진하고요."

"거기는 상무관."

미경은 건조하게 대답하고, 다시 약품 장부에 한 줄 한 줄 자를 대며 확인했다. 수현이 얼른 침대에서 내려와 실내화를 꿰어 신었다.

"쌤, 쌤도 광주, 어, 민주화운동을 아시는 거예요? 우아!"

"우아는 무슨 우아야. 그 일 일어났을 때 난 고등학생이었어."

"그치만 그때 뉴스에는 그런 거 하나도 안 나왔다면서요."

수현이 얼른 의자를 끌어다 앉으며 속없이 웃었다.

"제가 80년 여름에 태어났거든요. 엄마가 만삭일 때 사람들이 저기 남쪽에서 무서운 일이 있다더라, 광주에 공비가 있다더라, 그런 이야기 하시면서……."

"공비?"

미경이 날카롭게 말했다.

"너도 그 사진 봤다면서. 상식적으로 무장 공비, 빨갱이, 빨치산, 그런 사람들이 죽었는데 관에 태극기를 덮어 주겠어? 그 사람들 다 그냥 평범한 사람이었어. 학교 가고 회사 가고 하는 평범한 사람. 그때 죽은 사람 중에는, 그래, 어린애들도 있었고 임산부도 있었어. 임산부가 무슨 수로 무장 공비야?"

"아, 그게…… 죄송해요, 쌤."

수현이 어깨를 움츠렸다.

"제가 그렇다는 게 아니라, 엄마가 그렇게 알고 있었대요. 뉴스에서 그렇게 말하니까."

"……모르는 건 모를 수 있어. 그런데 잘못 아는 건 안 된다는 거야."

미경이 한숨을 쉬었다. 수현이 조심스럽게 물었다.

"쌤, 광주 분이세요?"

미경은 대답하지 않았다. 그러다가 한참 만에야 대답했다.

"그런 건 묻는 게 아니야."

"왜요? 광주는 민주주의의 성지라던데요."

"……돌아 버리겠네."

미경은 그렇게만 말하고 입을 다물었다. 그러다가 불현듯 언성을 높였다.

"같은 반 친구가 죽고, 부모 형제 일가족 누군가가 죽기도 하고, 한 달 넘도록 학교에 못 가고, 고3인데 영창에 끌려갔다가 여름 방학 다 돼서 풀려난 사람도 있어. 대학에는 학생보다 경찰 프락치가 더 많았고. 우리 동네 남자애들은 군대에 갔더니, 광주 출신은 다 폭도 놈들이라고 사람 취급도 못 받았고, 선임에게 맞아서 죽은 애도 있어. 너 그거 아니? 지금 1996년인데, 전라도 출신이면 취직할 때 원서조차 안 받아 주는 데가 아직도 많아. 그런데 뭐?"

수현의 얼굴이 창백해졌다. 그 창백함은 곧 부끄러운 붉은 빛으로 달아올랐다.

"한쪽에서는 빨갱이 취급을 하면서 먹고살 길 다 막아 놓고, 다른 한쪽에서는 그때 광주에 있었다고, 민주주의의 성지라고, 이슬만 먹으면서 민주주의만 생각하고 사는 사람들처럼 착각하는데. 야……. 정말 둘 다 달갑지 않아. 그때 내가 아는 사람들이 왜 거리로 나갔는지 알아? 공수부대가 멀쩡한 사람들, 죄 없는 사람들을 때리고 부러뜨리고 대검으로 찔러서 나간 거야. 항의하러 나간 거라고. 광주 사람이 날 때부터 무슨 열사고 전사라서 민주주의를 위해 싸운 게 아냐. 그건, 다들 그냥……."

이렇게까지 흥분하고 화낼 일이 아니었다. 수현은 아직 학생이고, 광주에서 벌어진 사건은 이 아이가 태어나기도 전의 일이었다. 그런데 수현에게 화풀이하듯 말하는 것은 정말 어른답지 못한 일이었다. 그런데도 멈춰지지 않았다.

"드라마나 보고 와서 광주는 민주주의의 성지라고 말하면, 그게 뭐 그리 반가운 일이라고!"

미경은 소리쳤다. 바로 그때 쉬는 시간 종이 울렸다. 수현은 울음을 터뜨릴 것처럼 입을 비죽거리다가 서둘러 양호실을 나갔다.

이젠 안 오겠지.

미경은 수현이 황급히 나가느라 제대로 닫지 못한 양호실 문을 바라보며 생각했다. 양호실에 학생이 수시로 와서 노닥거리는 건 곤란하지만, 그래도 수현과 이야기하는 건 좋았는데. 아마도 화가 났겠지. 어린애 취급하고, 아주 무시당했다고 생각하겠지.

하지만 가끔은 참을 수 없을 때가 있다.

열여섯 해, 수현이 태어나서 고등학생이 될 만큼의 시간 동안, 미경은 늘 그런 말들을 가슴에 눌러 두곤 했다. 말하면 안 돼. 밝히면 안 돼. 광주 출신이라고 하면 무슨 말을 듣게 되는지, 이미 아니까. 질리도록 알고 있으니까.

여자애를 누가 서울로 보내느냐고 다들 말리는데도 미경의 아버지는 미경을 일부러 서울로 보냈다. 서울 사는 친척 집으로 보내 그곳에서 고등학교 마지막 해를 보내게 했다. 친척 아이들을 돌봐 가며 수험 생활을 하고, 꽤 이름 있는 대학 간호학과에 들어갔다. 교직 과목도 이수했다. 말씨를 싹 고쳤다. 사투리라고는 흔적도 남지 않을 만큼 말끔하게.

그렇게 애를 썼는데도 미경은 큰 병원에서 오래 일할 수가 없었다. 아무리 좋은 대학을 나오고, 아무리 성적이 뛰어났어도, 조금 지나면 수군거리는 이들이 생겼다. 전라도 출신은 죄다 사기꾼이라고, 광주 출신이면 빨갱이 아니냐고 아예 대놓고 말하는 이들도 있었다. 심지어는 그런 말을 바로 코앞에서 들으면서도 얼굴색 하나 변하지 않는 것도, 사투리 흔적이 남지 않게 말씨까지 싹 고친 것도 무섭다, 지독하다고 했다.

그래서 선생이 되었다. 먹고사는 문제는 중요했으니까. 미경이 아는 아주 똑똑하고 잘난 남자애들이, 그런 험한 모든 일을 겪고도 군대에 말뚝을 박거나 경찰 시험을 보거나 했듯이. 병원에서 근무할 때 만난 연줄을 잡아 이 학교에 겨우 자리 잡은 것이 재작년이었다.

그냥 여기서, 있는 듯 없는 듯이, 아주 조용하게 버티고 버티면 가늘고 길게 살 수 있을지도 모르는데.

수현이 어디 가서 떠들어 댈까? 그럴 수도 있을 거다. 그래서 그만두라고 하면? 그러면 다른 학교를 알아보든가, 다시 병원으로 가면 그만이다.

미경은 무거운 마음으로 서랍을 열었다. 그때 그 시절 미경이 알던 사람들, 하지만 살아서 돌아오지 못한 몇몇 사람들의 이름이 전각용 돌에 묘비처럼 새겨진 채 클립통과 풀과 가위와 함께 뒹굴고 있었다.

*

"어휴, 신촌 그쪽은 아주 전쟁터 같네."

엄마가 짜증스럽게 중얼거렸다. 텔레비전 뉴스에서는 앵커가 연세대를 점거한 한총련이 친북을 넘어 대남 공작을 수행하고 있다는 내용을 읽고 있었다.

"힘들게 대학 보내 놨더니 어쩌면 저렇게들 데모만 하고 앉았어. 옛날에는 하도 군사 정권이 문제다 뭐다 해서 문민정부 들어서면 조용해질 줄 알았더니, 아주 해 줄수록 양양인가 봐. 저렇게 북한이 좋으면 북한에 가서 살지, 왜."

엄마는 식탁에 앉는 수현을 바라보면서 맞장구를 종용하듯 말했다.

"얘, 수현아. 넌 나중에 대학 가도 저런 애들이랑 어울리면 안 돼. 알았지?"

"난 신촌 쪽 대학에 갈 수만 있다면 좋겠네. 엄마 딸은 성적이 안 되거든요."

수현은 성의 없이 아침밥을 우물거리며 중얼거렸다. 뉴스 앵커는 목청을 높였다.

이들의 행각은, 북한의 남조선 혁명 전략과 완벽하게 일치하고 있어 경각심을 일깨워 줍니다.

"너 말 좀 똑바로 해라. 너 왜 그래? 설마 학교에서 이상한 선배들이랑 놀고 그러니?"

"아니거든?"

"아닌데 왜 그래?"

"나 밥 먹잖아."

길게 말하기 싫어 수현은 대충 먹고 일어났다. 학교로 가는 버스의 라디오 방송에서도, 북한에서 남파한 유격대가 신촌에서 데모를 한다는 보도가 흘러나왔다.

'다른 건 몰라도 수능을 봤으면 북한 간첩은 아니겠지.'

수현은 속으로 생각했다. 북한 유격대라니, 북한에서 십 대 청소년들을 내려보내서 열심히 공부시킨 뒤 수능을 보게 했다는 건가. 뉴스가 말도 안 되는 이야기를 하고 있었다.

날은 더웠다. 자율 학습을 하는데 왜 교복을 입어야 하는지 모르겠지만, 교복 블라우스가 살에 달라붙어 끈적거리고 짜증이 났다. 버스를 타고 가는 내내 마치 산 채로 찐만두가 되는 듯한 기분이었다.

수현은 그날 이후, 양호실에 가지 못했다. 교련 시간에도 고개를 푹 숙이고 있었다. 잘은 모르지만, 그때 자기가 한 말들이 미경에게는 상처를 들쑤시는 일이었다는 사실만큼은 알았다.

'죄송하다고 해야 하는데……. 아, 진짜. 가질 못하겠어.'

수현은 한숨을 폭 내쉬었다. 열이 나는 것 같다고, 어지럽다고, 적당히 둘러대고 양호실에 슬금슬금 숨어들지 못할 이유는 없는데.

'가서 뭐라고 말을 해야 할까. 몰랐어요, 죄송해요. 그렇게 말하고 넘어갈 수 있는 일일까?'

버스에서 내려 교문까지 걸어가는 내내 수현은 계속 그 생각에 골몰했다. 그런데 교문 앞쪽이 시끌시끌했다.

"소령이 또 깽판 치나 봐!"

아이들이 무슨 일인가 싶어 부리나케 달려갔다. 수현도 얼른 뒤를 따랐다.

교문 앞에서 영길에게 붙잡힌 아이의 뒷모습이 낯익었다. 같은 반 친구 서희였다.

"이야, 연세대 좋지. 연세대."

영길은 서희의 책가방에서 농구 잡지를 꺼내더니 북북 찢으며 킬킬 웃었다.

"이번에 주사파가 학교에 불까지 지르고 아주 지랄 옆차기를 하던데, 어? 야, 그런 놈들은 전부 일렬로 세워 놓고 배때기에 총알을 박아 버려야지. 이렇게 물러 터져서야, 이게 나라냐?"

그때였다. 출근하던 미경이 그 모습을 보고 급히 달려왔다.

"선생님, 방학 중에는 가방 검사 없잖아요."

"거, 김미경 선생은 남의 일에 끼어들지 말고."

영길은 마치 걸리적거리는 파리를 쫓아내듯 팔을 휘저어 미경을 확 밀쳐 냈다.

"거, 여자가 낄 데 안 낄 데 모르고 어디서 끼어들어. 그리고 너희들, 전부 정신 똑바로들 차려야 해. 안 그러면 내가 가서 전부 모가지 따 버리는 수가 있어."

영길의 지휘봉이 서희의 가슴을 쿡쿡 찔렀다. 미경이 영길의 팔을 붙잡았다.

"겨우 농구 잡지 때문에 아이한테 그런 말을 해요? 신영길 선생님!"

"시국이 이럴수록 애들을 바짝 단도리를 해야지. 정신 못 차리게 내버려 뒀다간 대학 가서 전부 빨갱이 새끼나 되고 그래요. 야, 빨갱이가 되느니 그냥 칵 죽어 버리는 게 효도하는 거야. 야, 야. 어디서 눈을 흡떠? 내가 월남에서만 날린 게 아니야. 내가 광주에서 빨갱이도 때려잡은 사람이야. 내 손으로 박살 낸 빨갱이 새끼들이 서른 명도 넘는다, 이 더러운 빨갱이 새끼들."

그 말에 미경의 안색이 창백해졌다.

"빨갱이 새끼들이며 빨갱이들 좇아다니며 좋다는 년들, 모조리 묶어서 모가지를 확……."

영길은 낄낄거리며 서희의 블라우스 여밈 사이로 지휘봉을 쿡 찔러 넣었다. 그와 동시에 미경이 영길의 뒤통수를 향해, 들고 있던 묵직한 가방을 거칠게 휘둘렀다.

*

지금도 기억이 난다. 계엄군에게 끌려갔다가 죽은 같은 학년 아이가. 친하지는 않았다. 복도에서 몇 번 마주쳤을 뿐이다. 그런데도 그 얼굴이 지금껏 잊히지 않는다.

미경의 집에는 조선대에 다니는 하숙생들이 있었다. 미경이 헌혈하고 나오던 기독병원 앞마당에, 그들 중 한 명이 누워 있었다. 흰 천으로 얼굴이 덮여 있었지만, 입고 있는 옷은 바로 알아볼 수 있었다. 가슴에 붙은 쪽지를 집어 들고 눈물을 흘리며 어쩔 줄 몰라 했던 기억이 난다.

옆집 살던 오빠는 실종되었다. 끝끝내 돌아오지 못했다.

한 집 건너 한 집씩, 누구는 죽고 누구는 다치고 누구는 사라졌다. 그래도 사람들은 집 밖으로 나왔다. 이 죽음들을 견딜 수 없어서 무엇이라도 해야 할 것 같았다.

헌혈을 호소하는 플래카드를 들고 다녔다. 돌아와서는 대걸레를 빨아 병원 복도라도 닦았다. 학교 강당 쪽에서는 총소리가 났다. 군대에 다녀온 이들이 다른 이들에게 총기 사용법을 가르쳤다. 그렇게 어떤 이들은 시민군이 되었다. 살아 있을 때는 이마에 태극기를 그린 띠를 두르고, 죽어서는 그 시신 위에 태극기가 덮이는 것을 보았다. 그리고 26일이 되었다.

우리는 최후까지 싸울 것입니다.

시민군 대변인은 외신이 인터뷰하는 자리에서 죽음을 각오한 결연한 표정으로 말했다. 학생들과 여자들을 집으로 돌려보낸 것이 그날 오후였다.

그날 밤, 광주 시내의 전화가 일제히 두절되었다. 칠흑 같은 어둠과 무거운 정적이 광주를 뒤덮었다. 그리고 그 정적을 깨고, 애끓는 듯한 여자의 목소리가, 그 마지막 방송이 들려왔다.

광주 시민 여러분, 지금 계엄군이 쳐들어오고 있습니다. 모

두 도청으로 나오셔서, 계엄군의 총칼에 죽어 가는 학생 시민들을 살려 주십시오.

우리는 도청을 끝까지 사수할 것입니다. 시민 여러분, 우리를 잊지 말아 주십시오. 우리 형제자매들을 잊지 말아 주십시오.

살아남는 것이 고통이라는 것을, 미경은 그날 밤 깨달았다.

죽을 때까지 떨어져 나가지 않을 부끄러움이, 흉터처럼 그 가슴에 내려앉았다.

40년 전, 그날 밤에.

"쌤."

그 긴 꿈에서 깨우듯, 수현의 목소리가 들려왔다.

미경은 고개를 들었다. 마시던 커피는 이미 식어 있었다. 잔을 옆으로 밀어 놓으며, 머리를 샛노랗게 물들인 수현은 새로 주문한 커피 두 잔을 내려놓았다.

"커피 식었어요. 오늘 추우니까 이걸로 다시 드세요."

"물 너무 많이 마시면 밖에 오래 못 있어."

투덜거리면서도 미경은 수현이 새로 가져온 커피 잔을 앞으로 끌어다 놓았다. 수현이 의자를 바짝 당기며 테이블 앞에 앉았다.

"언제 온 거야?"

"조금 전에요. 쌤 표정이 멍한 게, 보나마나 커피가 다 식었을 것 같더라고요."

수현은 까만 롱 패딩 차림이었다. 머리에는 작년에 유행하던, 공기 펌프가 달려서 귀를 쫑긋쫑긋 움직일 수 있는 토끼 모자를 썼다.

"너는 참 애가…… 누가 너를 마흔 살로 보겠니."

"윽!"

수현이 짐짓 상처받은 듯 어깨를 움츠렸다가, 얼른 고개를 쳐들었다.

"아, 그래요 쌤. 제 나이가 이제 사십이라, 뼛골이 시려서 패딩 좀 입겠다는데."

"패딩 말고 그 토끼 모자."

"사람이 추우면 모자도 써야죠."

"됐다, 내가 너를 어떻게 이기겠니."

커피를 서둘러 마시고 두 사람은 자리에서 일어났다.

홍대 앞쪽으로는 종종 꽤 세찬 바람이 몰아치곤 했다. 뒤로는 와우산을 끼고, 멀지 않은 곳에 한강이 지나니 어쩔 수 없을 것 같기도 했다. 수현은 패딩으로, 미경은 손난로로 추위에 맞서며 나란히 홍대 정문이 바라보이는 윗잔다리공원으로 향했다.

"요즘 스쿨 미투들 있잖아요. 그런 게 90년대에 있어야 했어요. 그랬으면 신영길을 아주 날려 버렸을 텐데. 맨날 브라끈 잡아당기고, 면담한다고 불러서는 슬슬 무릎 만지고. 그런 변태 새끼가 선생이라고 학교에 남는데……."

그날, 영길의 뒤통수에 풀스윙을 먹인 일로 미경은 학교를 그만두어야 했다.

여학생들은 미경의 편이었다. 교문 앞에서 영길이 서희에게 추잡스럽게 구는 것을 미경이 막았다고 다들 말했다.

하지만 그때는 1990년대였다. 때리고 수치심을 주는 모든 일이 훈육이라는 이름으로 유야무야 넘어가던 시절이었다. '단추를 푼 것도, 손으로 만진 것도 아닌데 뭐가 문제냐.' 선생들이 공공연히 이렇게 말하고 다녔다. 오히려 일을 시끄럽게 키운다고, 돌아가며 여학생들을 혼쭐내기에 바빴다.

학생 주임은 김미경 선생이 전교조라서, 강성이라서 학교 안에서 폭력 사태를 일으켰다고 했다. 누군가는 김미경 선생이 전라도 출신이어서 보통내기가 아니라고도 말했다.

그리고 영길은, 그 일 이후로 학교 남자애들에게 '잘난 척하더니 한 방에 패배했다'는 소리를 듣게 된 전직 공수 부대 장교께서는, 미경이 사표를 쓰고 나가자마자 의기양양해 하며 말했다.

'거, 전라도 것들이 원래 아주 독종이야. 부마항쟁 때는 애새끼들 잡아서 머리카락만 살살 불로 끄슬려도 쫄았는데, 광

주는 그게 안 되더라니까. 그러니 이게 말로 되나. 말 안 듣는 새끼들한테는 몽둥이가 약이지.'

다만 그날부터 영길은 여학생 교련 수업에 들어오지 못했다. 그것이 그때 거둔 유일한 작은 승리였다.

"정말 뱉으면 다 말인 줄 알았다니까요, 신영길은."

수현은 그때 이야기를 하며 혀를 찼다.

"쌤을 두고는, 학교 관두면 뭐 해서 먹고살겠느냐고 그랬었죠. 나가서 굶어 죽을 거라고 얼마나 악담을 하던지."

"내 걱정 말고 지 앞가림이나 잘하지."

미경이 학교를 그만둔 이듬해 봄, 국립5·18민주묘지가 완공되었다. 처음으로 국가적인 기념행사가 열렸다. 그제야 광주민주화운동 유공자들은 예우를 받을 수 있었다. 그리고 한참 더 지난 뒤, 대통령이 드디어 이 학살과 폭력에 대해 국가를 대표하여 사과했다.

그렇게 세상이 아주 조금씩 변해 가는 것을 바라보며 미경은 계속 부지런히 살았다. 잠시 간호사로 일하다가, 다시 사립학교의 보건 교사가 되었다. 부지런히 일하고, 쉬는 날이면 거리로 나갔다. 1인 시위를 하고, 시민 단체에서 활동했다. 누구건 손을 잡아 주어야 하는 일이 생기면 그저 한 사람이라도 더 보탠다는 마음으로 찾아가 나란히 섰다. 손을 잡았다. 할 수 있는 일을 했다.

그리고 수현을 다시 만났다. 세월호 추모 집회에서, 강남역 추모 집회에서 그리고 오늘은 홍콩 민주화 지지 집회에서. 여전히 시끄럽고, 오늘은 우스꽝스러운 토끼 모자까지 쓰고 나온 수현이 문득 웃었다.

“쌤, 오늘 보니까, 지금 제가 그때의 쌤보다 더 나이가 들어버린 거 있죠.”

“말은 똑바로 하자. 난 그때 서른셋이었어.”

“……더 들었네요.”

“그 말은 최소한 7년 전에 했어야 한다는 뜻이다. 야, 윤수현. 님은 지금 불혹이고요.”

“와, 그때는 서른셋이면 정말 어른일 것 같았는데.”

“그렇게 잘 아는 사람이 불혹이 되도록 이런 걸 쓰고 다니고.”

토끼 모자의 공기 펌프를 꾹 누르며 미경은 이제 수현이 자신의 학생만은 아니라는 생각을 했다. 수현은 이제 어른이 되었고, 미경과 나란히 서 있었다.

장갑 위로 미경의 손을 잡은 수현의 손가락이, 따뜻하고 단단하게 닿아 왔다.

광주 민주화운동이 일어났을 때, 저는 어린아이였습니다. 그 무렵에 〈타임(TIME)〉 같은 외국 잡지를 보던 사람들은, 우리나라 관련 기사에 먹칠이 되어 들어왔다고 했습니다. 국내 언론은 광주에서 벌어지는 일을 제대로 다루지 않았습니다. 딱 수현의 나이가 되어서야 제가 태어난 해에 그런 일이 있었다는 것을 알았고, 한동안 광주를 다룬 책들을 찾아보기도 했습니다.

이 이야기는 그런 '몰랐던 부끄러움'에 관한 이야기이자 연대의 이야기입니다. 직접 겪고 트라우마를 간직한 사람이 그다음 세대와 손을 잡는 이야기입니다. 광주에서, 다시 세월호 집회에서, 노동운동의 현장에서, 여성운동의 현장에서, 손에 손을 잡고 계속 이어 나가듯이 사람들이 느슨한 연대를 계속할 수 있기를 바라는 이야기이기도 합니다. 책을 읽고, 생각을 하고, 사람들을 만나면서요. 아주 사소한 일부터 아주 큰 일까지 힘과 위로와 지갑을 보태면서.

[생일빵]

표명희

2001년『창작과비평』신인소설상을 받으며 등단했다. 장편소설『어느 날 난민』『오프로드 다이어리』『황금광 시대』, 소설집『아무 일도 없었던 것처럼』『내 이웃의 안녕』『하우스메이트』『3번 출구』가 있다. 오영수문학상, 권정생문학상을 받았다.

민서는 코끝에 감도는 고소한 냄새에 잠을 깼다. 냄새에 깬 것인지 깨어나 냄새를 맡은 것인지 알 수 없지만 여느 일요일보다 일찍 깨어난 건 사실이다. 신경 세포가 코에 다 쏠려 있는지 유독 냄새에 민감해 '예민 민서'에 이어 '개코'라는 별명까지 따라붙었다. 요즘 애견들이 누리는 지위에 견주면 호사로운 별명이다. '오감 중 제일 저급한 감각이 후각이래.' 가방끈 조금 더 긴 고3 누나가 비아냥대도 민서는 콧방귀조차 뀌지 않았다. 대한민국 고3의 일상 따윈 개도 쳐다보지 않는다는 사실을 누나는 알기나 할까.

휴일 최고의 선물인 늦잠도 포기한 채 민서는 타고난 감각을 발휘해 냄새를 찾아 나섰다. 아니나 다를까 식탁에는 하얀

한지가 깔린 채반 위에 부침개와 갓 튀겨 낸 튀김이 먹음직스럽게 담겨 있었다. 동그란 호박전과 고추전 사이에 놓인 새우튀김부터 눈에 들어왔다. 튀김옷 밖으로 놀란 듯 튀어나온 까만 눈과 긴 수염의 분홍 왕새우가 '날 잡숴 줘' 하며 민서에게 꼬리를 치고 있었다. 자르르 침이 고이면서 잠은 말끔히 물러났다.

"세수부터 하고 와!"

엄마가 소리치며 민서를 밀어 냈다.

민서는 욕실로 달려가 빛의 속도로 세수를 끝냈다. 다시 주방으로 돌아온 민서는 새우튀김부터 집었다. 기름에 튀겨진 분홍빛 갑각류의 얇은 껍질은 과자처럼 바삭거렸고 속살은 탱탱하고 쫀득해 씹을수록 감칠맛이 났다. 일요일 아침의 여유와 풍요가 침과 섞여 입 안 한가득 고였다.

"이따 할머니 댁 가서 먹어!"

민서가 두 번째 새우를 집으려 하자 엄마가 소리쳤다.

두 번째 새우를 재빨리 입에 문 민서는 '할머니 댁은 왜?'라는 눈빛으로 엄마를 바라보았다.

"오늘이 무슨 날인지 몰라?"

'식탐과 늦잠, 둘 다 누릴 수 있는 해피 선데이!'라는 말이 목구멍까지 치밀었지만 새우 살이 목구멍을 막고 있었다.

눈을 흘기던 엄마가 싱크대 서랍장에서 5단 찬합을 꺼내는 걸 보고서야 민서도 오늘이 무슨 날인지 알아차렸다.

"아, 큰아빠 생신이구나."

입 안을 다 비우고 난 민서가 첫마디를 떨궜다.

"네가 다녀와야 해. 우리 가족 대표로."

엄마의 선언에 민서는 마지막으로 넘어간 새우 꼬리가 목구멍에 걸리는 느낌이었다.

고3인 누나는 벌써 도서관에 갔고, 엄마 아빠의 일요일은 세상 어떤 일보다 교회가 우선임을 잘 알고 있었다. 하나님 집이 할머니 집보다 우선인 건 이제 진리였다. 게다가 요즘에는 할머니 집 방문이 가족 모두의 기피 대상 일순위가 돼 버렸다. 인기 없는 일은 으레 막내 몫이라는 것, 빠져나갈 구멍은 없다는 것을 민서는 깨달았다. 엄마가 '우리 가족 대표로'라는 가시 면류관 같은 영예까지 얹어 주었으니 더더욱…….

엄마는 준비한 음식을 찬합에 차곡차곡 담기 시작했다. 큰아빠 생일 음식은 늘 이렇게 5단 찬합에 담겼다. 한 단은 전과 튀김, 한 단은 삼색 나물, 한 단은 불고기……. 피자 한 판에 치킨 한 마리 주문으로 끝나는 민서나 누나 영서의 5분 생일상 차림과는 차원이 달랐다. 준비부터 완성까지 1박 2일이 걸리는, 궁중 음식에 가까운 상차림이다.

"엄마라는 게 뭔지, 평생 자식 걱정에 뒤치다꺼리에……."

민서는 엄마 말에 담긴 그 '엄마'는 엄마가 아니라 할머니라는 것, '자식'도 오늘의 주인공인 큰아빠라는 것을 알 수 있었다.

큰아빠 생일 음식 준비는 원래 할머니 몫이었는데, 할머니 건강이 예전 같지 않아서 자연스레 엄마에게로 넘어왔다. 집안 의례 중 할머니가 극성이다 싶을 만큼 정성 들이는 일이 맏아들 생일상 차리는 일이었다. 며칠에 걸쳐 장만해 둔 식재료로 할머니는 꼭두새벽부터 일어나 음식을 만들어 한 상 차려 내곤 했다. 집에서 차리는 생일상인데도 접시 대신 꼭 찬합에 음식을 담아 상에 올렸다. 어릴 적부터 그 광경을 봐 온 민서는 생일 음식은 원래 찬합에 담는 건 줄 알았다. 제사 음식을 제기에 담는 것처럼.

"신속, 정확, 안전! 음식 배달의 3대 원칙 잘 알지?"

엄마는 황금색 보자기로 싼 5단 찬합과 미역국과 청주 한 병이 담긴 쇼핑백을 민서에게 건넸다.

"내가 '배달의 민족' 마지막 후손이라도 되는 줄 아는 모양이지, 엄마는……."

민서는 민족의 자존심이라도 담긴 듯한 이름의 그 앱이 최근 외국 자본에 팔린 사실을 떠올리며 투덜거렸다.

*

빌라 마당으로 내려서자 엄마의 향수보다 더 진한 꽃향기가 민서를 반겼다. 옆집 마당의 라일락 나무에서 날아온 향기였다. 식구들 생일이 대부분 추운 겨울인데 큰아빠 생일은 이렇듯 꽃으로 화사한 달이다. 할머니는 '화사한' 게 아니라 사람 '환장하게' 만드는 달이라고 독설을 날리곤 하지만……. 학교 선생님이었던 할아버지 기운이라도 받은 듯 5월 중에서도 15일, 스승의 날이 큰아빠 생일이었다.

빌라 마당을 벗어나자 꽃향기 대신 찬합에 담긴 음식 냄새가 솔솔 풍겼다. 허기를 자극하는 고소한 냄새에 걸음이 빨라지다가 할머니 집 분위기가 생각나면 다시 걸음이 느려졌다. 민서는 혼자 십자가를 지게 된 사실에 억울해하다가 그러는 자신을 깨닫자 양심이 찔리기도 했다. 엄마 아빠가 맞벌이를 해서 민서는 할머니 집에서 어린 시절을 보냈다. 할머니를 엄마, 큰아빠를 아빠처럼 생각하며 자랐기 때문에 내 집이나 다름없었지만 그곳을 찾는 일이 점점 꺼려지는 건 사실이었다. 언제부터인지 그 집에 들어서면 가슴이 답답해졌다. 할머니가 이전처럼 거동이 자유롭지 않은 데다 은둔형인 큰아빠는 주름과 흰머리가 늘면서 술까지 늘어 집 안 분위기가 더 칙칙하고 무거웠다.

'너네 아빠 백수야?' 초등 3학년 때 친구한테 그 말을 듣고 나서야 민서는 큰아빠에 관해 처음으로 생각해 보게 되었다. 여느 아빠와 달리 큰아빠는 늘 집에만 있었다. 취직도 결혼도 하지 않은 채 지금도 할머니와 단둘이 살고 있다. 가끔 할머니를 대신해 조카들 베이비시터가 돼 주는 것, 정기적으로 병원과 약국을 번갈아 오가는 것, 그것이 큰아빠의 일이라면 일이었다. 그렇다고 큰아빠가 사회생활을 하는 데 문제가 있어 보이지는 않았다. 신체도 멀쩡했고, 졸업은 못했지만 한때 명문대생이었으니 학벌도 빠지지 않았다.

'요샛말로 엄친아, 둘도 없는 모범생이었지.'

큰아빠의 학생 시절을 떠올리는 게 할머니의 유일한 낙으로 보였다.

똑똑하고 잘생긴 데다 심성까지 나무랄 데 없던 집안의 장남인 큰아빠는 가족의 기대를 한 몸에 받으며 자랐고 명문대 입학으로 그 기대에 한껏 부응했다.

'그 빌어먹을 군대가 사람을 망쳐 놓을 줄이야. 깎아 논 밤톨 같은 내 아들을, 세상에, 반편이를 만들어 보내다니…….'

억장이 무너지는 듯한 한숨과 함께 쏟아 놓는 할머니의 넋두리를 민서는 귀불이 닳도록 들으며 자랐다.

'어디 다친 데라도 있었으면 우리가 의심을 했겠지. 몸은 생채기 하나 없이 멀쩡했거든. 제대하고 나서 한동안 방에 틀

어박혀 멍하니 벽만 바라보고 앉아 있는 거야. 면벽하는 수도승도 아니고…….'

그 무렵 고등학생이었다는 아빠의 증언도 가끔 뒤따랐다.

'세월 가면 나아질 줄 알았지. 한 달 두 달, 일 년이 가고, 십 년 이십 년이 흘러도 그대로더니 어느새 사십 년일세. 후유…….'

할머니의 한숨은 40년이라는 시간을 실감나게 해주려는 듯 깊고도 길었다.

'봄봄약국' 입간판 앞에서 민서는 걸음을 주춤했다. 어릴 적 큰아빠나 할머니 손잡고 숱하게 드나들던 온 가족의 단골 약국이다. 봄봄약국을 끼고 난 골목길이 할머니 집을 오가는 지름길이었다. 평소에는 지름길인 골목으로 다녔지만 민서는 지름길 대신 이면 도로를 택하기로 했다. 짐도 있으니 에둘러 가더라도 안전하고 반듯한 길이 나을 것 같았다.

맛집이 즐비한 이면 도로는 평소 오가는 차들로 붐비는데 휴일 오전이라 그런지 한산했다. 사람도 거의 눈에 띄지 않았고 차들은 갓길에 꼬리를 물며 주차돼 있었다. 늦잠 즐기듯 길게 늘어선 차들을 따라 민서도 한껏 느릿느릿 걸었다. 저 멀리 우뚝 솟은 아파트 단지가 눈에 들어왔다. 할머니 집은 아파트 단지 어귀에 외따로 있었다. 새로 지은 대단지 아파트 어귀에 붉은 벽돌로 된 낡은 이층 슬래브 집이 흉물처럼 남아 있어 아파트 주민들이 드나들 때마다 한 번씩 눈총을 줄 것 같았다. 재건축을 추진할 때 조합장이 문턱이 닳도록 드나들며 할머니를 설득했지만 큰아빠 고집 때문에 끝까지 건설사에 팔리지 않은 유일한 집이었다. 아빠와 큰아빠의 관계가 삐걱거리기 시작한 이유도 그것 때문이었다.

'어머닌 형이 저러는 게 정상이라고 생각해요? 이 낡은 집에서 어떻게 노후를 보내려고 그러세요?'

아빠는 큰아빠와 대화하기를 포기하고 난 뒤로 할머니를 다그쳤다.

'그래도 우리 집 어른은 장남인 니 형이다. 잘되든 못되든 나는 니 형 뜻대로 살다 죽을란다.'

큰아빠 얘기만 나오면 할머니는 단호하고 비장했다.

'형 저렇게 된 데는 어머니의 그런 감싸기도 한몫했다구요!'

아빠의 한마디에 공기가 싸해졌다.

'그동안 지 형 덕본 거는 생각지도 않고, 배은망덕한 것들.'

할머니는 그 말을 끝으로 돌아앉았다.

두 집 관계는 그때부터 빙하기에 접어들었다.

집안 문제에 얽힌 기억이 떠오르자 민서는 걸음이 더 느려졌다. 요즘엔 할머니 집 생각만 해도 가슴이 답답한 정도가 아니라 숨이 막혀 왔다. 민서가 누나와 함께 할머니 집에 살 때는 큰아빠 행동반경이 그나마 넓은 편이었다. 유치원과 학교를 중심으로 놀이공원이나 시내 박물관이나 공연장까지 오가는, 조카들을 위한 일이 큰아빠의 활동 영역이었다. 아이들이 원하는 거라면 큰아빠는 뭐든 들어주었다. 아이들이 가자는 대로 따라갔고 하자는 대로 했다. 어린 조카들에게 큰아빠는 늘 예스맨이었고 친구 같은 보호자였다. 그런 큰아빠가 할머니도 아빠도 두 손 다 들 정도로 대단한 고집쟁이라는 사실이 민서는 잘 믿기지 않았다.

어쨌든 이 음식만 전달하고 바로 와야지. 민서는 양손의 짐 무게를 느끼며 다짐했다. 할머니가 아무리 반색하며 잡아끌어도 집 안에 절대 발을 들여놓지 않기로 했다. 시험공부를 핑계 삼으면 할머니도 더는 고집을 부리지 않을 것이다.

그때였다. 갑자기 '쿵' '쾅' 하며 뭐가 크게 부딪치는 소리가 났다. 소리 난 쪽으로 고개를 돌리는 순간, 민서의 눈에 믿을 수 없는 광경이 잡혔다. 오토바이와 헬멧 쓴 사람과 중국집 철가방이 허공으로 휙 솟구친 모습이었다. 순간적이었지만 그 광경은 마치 영화의 클로즈업 장면처럼 또렷했다. 허공의 피사체들은 완만한 포물선을 그리더니 이내 바닥을 향해 곤두박질쳤다. 비현실적이면서도 생생한 그 모습은 피사체들이 바닥에 처박히는 소리가 나면서 실제 상황임을 일깨웠다. 철가방인지 오토바이인지 강하고 요란한 마찰음이 뒤따랐다. 엔진의 휘발유 냄새도 훅 끼쳤다. 갓길에 주차된 자동차들에 가려 소리만 들렸을 뿐, 아스팔트 바닥에 펼쳐진 끔찍한 광경은 보이지 않았다. 그럼에도 민서의 날렵한 상상은 소리가 일깨운 처참한 광경을 생생하게 그려 냈다.

아아, 민서는 탄성을 내뱉으며 그 자리에 얼어붙었다. 다리에선 힘이 풀리고 머릿속이 하얗게 바랬다. 주위에 사람도 거의 없다는 생각이 들자 당혹감은 공포로 바뀌었다. 가슴이 둥둥 방망이질 치고 식은땀이 났다. 짙은 휘발유 냄새와 함께 심폐 소생술, 119, 응급 처치, 이런 단어가 머릿속에 소용돌이치고 입에서는 연신 울먹임이 흘러나왔다. 아아, 어쩌지, 할머니 댁에 음식도 전해야 하는데, 아아, 어떡해……. 사고 현장 쪽으로는 눈길을 돌릴 자신도 없었다. 늘어선 차들 옆에서 몸을 웅크린 채 울먹이며 민서는 휴대폰을 꺼내야 한다고 생각하면서도 손에 든 짐을 놓을 수 없었다. 그 짐이 마치 벼랑 끝에서 부여잡고 있는 유일한 밧줄처럼 느껴졌다. 아아, 어쩌지……, 어떡하지……? 머리가 지끈거리고 속도 메슥거렸다.

그때였다.

"이보세요! 괜찮으세요?"

이내 다급한 발소리와 함께 어느 청년의 외침이 허공에 울려 퍼졌다. 사고 현장을 향해 달려오면서 외치는 소리였다.

"얼른 신고해요, 경찰에! 아니, 119부터!"

이번에는 또 다른 곳에서 외치는 소리가 들려왔다. 아저씨 목소리였다.

연거푸 들려온 두 목소리에 민서는 안도했다. 그건 미성년자인 자신의 도움 따위는 필요하지 않다는 의미로 들렸다. 고개를 드는 순간 갓길 바닥으로 흘러드는 검붉은 점액질이 언뜻 비쳤다. 민서는 반사적으로 고개를 돌렸다. 피……? 아니 어쩌면 짬뽕 국물일 수도, 휘발유일 수도 있었다. 민서는 양손에 든 짐을 힘껏 움켜쥔 채 몸을 일으키고는 정면을 향해 눈을 고정했다. 다행히 갓길에 주차된 차들이 사고 현장이 보이지 않도록 차단막 구실을 해 주었다. 사람들이 웅성거리는 소리가 자동차 행렬 너머에서 들렸다. 민서는 아파트 단지에 시선을 고정한 채 걸음을 재촉했다.

어느 정도 거리를 두고 난 다음에야 민서는 사고 현장 쪽을 흘끗 돌아보았다. 그새 사람들이 제법 모여 있었다. 어른뿐 아니라 민서 또래의 아이도 얼핏 보였다. 남들 눈에 띌세라 민서는 더 빨리 걸었다.

횡단보도 앞에서 신호를 기다리다 민서는 울컥 속의 것을 게워 냈다. 보도블록 위로 아침에 먹은 것들이 다 쏟아져 나왔다. 희끄무레한 토사물에 분홍빛 새우 껍질 조각이 언뜻언

뜻 보였다. 주변에 사람이 없어 그나마 다행이었다. 깜박거리는 녹색 신호등이 빨강으로 바뀌기 직전 민서는 도망치듯 횡단보도를 건넜다.

*

"오, 민서구나."

민서는 대문을 열어 준 큰아빠 품에 쓰러지듯 안겼다. 어릴 적 친구한테 얻어맞고 왔을 때처럼…….

큰아빠는 어리둥절해하면서도 민서를 안은 채 예전처럼 묵묵히 머리를 쓰다듬었다. 길을 가다 사람들이 싸우거나 사고 현장을 맞닥뜨리면 큰아빠는 어린 민서가 볼세라 품에 안고는 재빨리 그곳을 벗어나곤 했다. 안전한 곳으로 피한 다음에야 큰아빠는 민서를 품에서 내려놓았다. 민서가 사고 현장에서 반사적으로 큰아빠 품을 떠올린 것도, 혼자라는 사실에 절망했던 것도 그런 기억 때문인 듯했다. 큰아빠 몸에서 나는 찌든 담배 냄새도 불룩 나온 뱃살도 민서는 편하게 느껴졌다. 휘발유 냄새에 비한다면 담배 냄새는 구수한 고향의 냄새 같은 것이었다. '비위 약하고 예민한 게, 민서는 꼭 지 큰아빠 닮았어.' 민서가 야단맞고 울먹일 때면 할머니가 곧잘 하던 말이었다. '황소고집은 어떻고요.' 아빠도 냉소하듯 한마디 했다.

한참 만에야 민서는 큰아빠 품에서 빠져나왔다. 중3이라는 사실도 그제야 생각났다. 머쓱해진 민서는 눈가를 훔치고 얼굴과 머리를 다듬었다. 큰아빠는 민서 머리만 몇 번 쓰다듬을 뿐 이유는 묻지 않았다. 대신 민서가 가져온 음식 보따리를 챙겨 들고 먼저 마당을 가로질러 현관으로 향했다.

"어이구, 우리 귀한 손주 왔구나!"

할머니는 어린애 어르듯 등을 토닥이며 민서를 맞았다. 그런 인사법이 민서는 질색이었지만 오늘은 싫지 않았다. 어둑하고 쾨쾨한 냄새가 밴 듯한 거실도 오늘따라 편하게 느껴졌다.

"에미가 애 많이 썼네."

민서보다 생일 음식을 더 애타게 기다렸다는 듯 할머니의 관심은 이내 음식 보따리로 옮겨 갔다.

임무를 끝낸 민서는 거실 소파에 쓰러지듯 누웠다. 속이 불편하고 머리가 지끈거려 앉아 있을 기운조차 없었다. 음식만 전하고 바로 돌아가려고 했던 처음 계획은 까맣게 잊은 채였다. 10분 거리의 할머니 집을 오늘은 산 넘고 물 건너 온 느낌이었다. 때론 엄마 아빠의 꾸중을 피해 오는 피난처이기도 했지만 오늘은 골고다 언덕을 오르고 난 뒤의 휴식처 같았다.

거실 창으로 마당이 훤히 내다보였다. 큰아빠는 마당 의자에 앉아 화단을 바라보며 담배를 피우고 있었다. 화단에는 크고 작은 꽃들이 다투듯 피어 있었고 덩굴장미는 담장을 타고 올랐다. 어둑한 실내 때문인지 화단이 더 화사해 보였다.

"잡채에 어째 시금치가 빠졌을꼬."

할머니 말이 참기름 냄새와 함께 주방에서 흘러나왔다.

민서는 할머니가 할아버지 제상보다 큰아빠 생일상에 더 신경 쓰는 사람이란 걸 잘 알고 있었다. 음식 준비가 엄마 몫이 된 후에도 식재료까지 일일이 깐깐하게 체크한다는 사실도…….

돌아누운 민서의 눈에 텔레비전 옆에 놓인 액자가 들어왔다. 큰아빠 대학 입학식 때 찍은 가족사진이다. 맨 왼쪽에는 검은 양복 차림의 신사, 옆에 검정 교복 차림의 남학생, 그 옆에 꽃을 든 콤비 차림의 대학생, 맨 끝에는 푸른 한복을 차려입은 중년 여성이 서 있다. 신사는 할아버지, 교복 입은 학생은 아빠, 꽃을 든 주인공은 큰아빠, 한복 차림의 중년 여성은 할머니다. 잠자리 테 안경을 쓴 큰아빠는 영민한 인상에 호리호리한 청년이다.

'이 집 시계는 저기에 맞춰 있다고 봐야지.' 언젠가 엄마가 지적한 것처럼 집 안의 모든 것이 사진 속에 나오는 시절 그대로였다. 난초 화분이 놓인 나전 칠기 서랍장도, 브라운관 텔레비전도, 철제 금고와 구석에 놓인 병풍 자수도……. 민서가 태어나기 전부터 이곳에 놓여 있던 물건들이 여전히 굳건하게 자리를 지키고 있었다. 사진 속 사람들만 변했다. 검은 양복 신사는 민서가 세상에 나오기 직전에 세상을 떠났고 잠자리 테 안경의 호리호리한 청년은 희끗한 머리에 배가 불룩 나온 중늙은이로 변했다. 그리고 한복을 곱게 차려입은 부인은 구부정한 백발 할머니가 되었다.

사진은 '졸업 사진 없음'의 증명사진 같았다. 당당하게 학사모를 쓴 졸업 사진이 있다면 입학 사진이 놓일 자리는 없었을 것이다. 입학과 졸업, 그사이에 있던 군대 시절이 큰아빠 인생을 송두리째 바꿔 놓았다는 걸 민서는 가족들 얘기를 통해 잘 알고 있었다.

'그놈의 군대가 웬수다. 돈이든 빽이든 무슨 수를 써서라도 군대는 보내지 말아야 했는데.' 할머니의 3대 단골 멘트를 아빠가 이어받았다. '아버지 생각이 엄청난 착각이었죠. 유약한 아들 담력 기른다고 특수 부대 같은 델 보내다니…….' 할아버지가 일찍 세상을 떠난 것도 그 일과 무관치 않다고 다들 입을 모았다. '그러니까 어머니께서 아주버님 생일날 면회 다녀오시고 며칠 뒤 일이었나 봐요. 광주에 투입된 게…….' 엄마도 한 번씩 나름의 짐작을 보태며 옛이야기에 끼어들었다. 가족들 사이에 오가는 큰아빠의 군 생활 관련 얘기는 하나같이 짐작과 추측에 지나지 않았다. 당사자인 큰아빠가 그 일에 관해 얘기한 적이 한 번도 없었기 때문이다. 가족 모두, 아니 이제는 온 국민이 다 알 만큼 만천하에 드러난 일이건만 정작 큰아빠는 지금껏 자신이 겪은 일을 털어놓은 적이 없다.

'누구는 없던 일까지 보태 가며 영웅담처럼 잘도 늘어놓더만 우리 아들은 무슨 특수 자물쇠라도 가슴에 채웠는지, 원.' 군대를 조기 제대한 큰아빠는 온 가족의 자랑이었던 대학으로 다시 돌아가지 못했다. '시간이 지나면 나아질 줄 알았지. 일 년이 가고 이년이 가고, 십 년, 이십 년, 삼십 년……. 저 돌부처의 속마음을 어이 알꼬. 아마 저 상태로 무덤까지 갈 모양이다.' 할머니의 넋두리는 바람 같았다. 한탄도 체념도 바람처럼 수시로 왔다가는 흔적도 없이 사라졌다.

"민서야, 어서 오니라. 밥 먹자."

할머니 말과 함께 실내가 환해졌다. 거실 등이 그제야 켜진 모양이었다.

생일 음식으로 그득한 교자상이 어느새 거실에 떡하니 놓여 있었다. 다섯 개의 찬합 음식과 김이 모락모락 나는 흰쌀밥과 미역국이 나란히 놓여 있는, 누가 봐도 잘 차려진 생일상이었다. 상 위에 차려진 음식은 할머니가 군대에 있던 큰아빠 면회 때 만들어 간 바로 그 음식들이었다. 큰아빠 생일에 맞춘 면회라 할머니는 찬합에 차곡차곡 생일 음식을 담아 갔다고 했다. '군대 밥이 얼마나 허술했는지 5단 찬합에 든 음식을 깨끗이 비우더라고. 입 짧은 우리 큰아들이 그렇게 맛있게 먹는 모습은 내 살다 살다 처음 봤니라.'

할머니가 면회 때 만들어 갔던 찬합 음식이 큰아빠 생일상 차림의 표준이 된 것이다.

"민서야, 어서 오래두."

할머니의 재촉에 민서는 여전히 새우처럼 웅크리고 누워 고개만 가로저었다. 두통도 메스꺼움도 완전히 가라앉지 않았다.

"아니, 야가 뭔 일이 있었나? 핏기도 없고 얼굴이 하얗게 질렸네."

그제야 민서 얼굴의 눈물 자국을 알아챈 할머니가 가까이 다가와서 민서의 이마를 손으로 짚어 보고 양쪽 뺨을 이리저리 만져 보았다.

"왜? 엄마나 아빠가 야단치던? 아니면 오다가 뭔 일 있었던 거라?"

민서는 둘 다 아니라는 의미로 고개를 가로저었다.

"밥을 먹어야 기운이 나지. 그러잖아도 에미가 너 아침 안 먹여 보냈다고 챙겨 먹이라더만."

할머니가 민서를 억지로라도 일으켜 세우려 하자 민서는 점점 더 몸을 웅크리며 소파 등받이 쪽으로 돌아누웠다.

"냅두세요, 어머니. 먹고 싶을 때 먹게."

큰아빠의 조용한 만류에 할머니는 손을 거두었다.

민서는 큰아빠가 자기 속을 훤히 들여다보고 있는 것 같았다. 위안이 되면서도 한편으로는 속내를 들킨 것처럼 가슴이 서늘했다.

조로록. 은빛 주전자에 담긴 청주가 경쾌한 소리를 내며 잔에 따라지는 소리가 이따금 들렸다. 큰아빠는 한쪽에서 술잔을 비우고 할머니는 먹거리 챙기러 이따금 주방을 오가고……. 민서에겐 어릴 적부터 익숙한 풍경이다. 이렇듯 나른하고 무료할 정도로 평온한 게 원래 할머니 집 분위기였다.

이런 일상의 공기가 숨 막히듯 갑갑하게 느껴지기 시작한 것도 곰곰 되짚어 보면 큰아빠와 아빠의 다툼이 결정적이었다. 재건축 관련 문제 말고도 두 사람이 심하게 부딪친 일이 또 있었다. 5·18 민주화운동 관련 보상 문제가 나왔을 때였다. 아빠가 준비해 온 신청 서류에 당사자인 큰아빠가 서명을 하지 않겠다고 고집을 부렸던 것이다. 온 가족이 번갈아 가며 설득했지만 큰아빠는 완강했다.

'평생 이렇게 살 거야, 형은? 어머니 생각도 해야지.'

아빠가 작심하고 따지고 들자 할머니가 놀라 손사래 치며 말리고 나서던 걸 민서는 또렷이 기억한다. 아빠의 끈질긴 설득과 항의에도 큰아빠는 아무 반응이 없었다. '돌부처'라는 별명에 걸맞게 꿈쩍도 하지 않았다.

'나라가 보상을 해 준다잖어. 이번 한 번만 가족들 의견 받아들여라. 이 에미를 봐서라도.'

할머니까지 나서서 간청해도 큰아빠는 묵묵부답이었다.

'형은 엄연한 피해자라고. 형만 피해자야? 우리 모두 피해자라고. 형은 그렇다 쳐도 어머니 인생은 뭐야. 그리고 나는? 그게 나한테서 끝나? 다음에는 민서한테로 넘어갈 거 아냐!'

정확한 내막은 몰라도 민서는 큰아빠 일이 언젠가는 자신에게도 영향을 미칠 수 있다는 걸 그때 처음으로 알았다.

그해 겨울 내내 아빠는 커다란 바위 앞에서 1인 시위하는 사람 같았다. 큰아빠가 끝까지 고집을 부리자 결국 아빠가 큰아빠 멱살을 잡는 일까지 갔다. 그때 처음으로 큰아빠는 울부짖듯 외쳤다.

'그걸 어떻게 보상해? 국가가 어떻게 보상하냐고! 돈으로? 웃기지 말라고 그래!'

*

디~잉 동! 디~잉 동! 초인종 소리가 느닷없이, 하지만 가라앉은 분위기에 생기를 불어넣으며 울렸다. 주방에 있던 할머니가 현관을 향해 다가갔다.

"세상에, 보통 정성이 아녀. 어째 한 해도 안 거르고, 이렇게……."

할머니가 케이크 상자를 들고 들어서며 말했다.

이날이면 어김없이 배달돼 오는 생일 케이크다. 거기에 얽힌 이야기도 민서는 알고 있었다. 맨 처음 그 케이크가 배달돼 왔을 땐 큰아빠가 거절했다고 했다. 난처해진 배달부가 케이크를 그냥 대문 앞에 놓고 가 버리는 바람에 온종일 동네 개미들이 할머니 집 대문 앞으로 꼬여 들었다는 것, 그래서 첫 케이크는 동네 개미들 차지였다고 했다. 두 번째와 세 번째 케이크는 큰아빠가 직접 쓰레기통에 던져 넣었지만, 그 후에도 케이크는 어김없이 배달돼 왔다. 나중에는 큰아빠도 포기했고, 그것은 할머니 손을 거쳐 민서와 영서 차지가 되었다. '누가 보내는 걸까?' 한번은 영서 누나가 케이크를 먹으며 호기심을 드러냈다. '너네 큰아빠야 알겠지, 누가 보냈는지.' 엄마가 주위를 살피며 속삭이듯 말했다.

"민서야, 너 좋아하는 케익이다. 안 먹을 텨?"

할머니가 케이크 상자를 들어 보이며 민서를 유혹했다.

민서가 여전히 고개를 가로젓자 할머니는 텔레비전 옆에 올려놓았다. 브라운관 텔레비전을 가운데 두고 왼쪽에는 큰아빠 대학 입학 사진이, 오른쪽에는 생일 케이크 상자가 나란히 놓였다.

'모르긴 해도 한때 사귀던 여자였을 거라.' 언젠가 할머니는 큰아빠가 없는 데서 케이크 보낸 사람을 짐작하며 말했다. '입학식 때 우리도 잠깐 봤니라. 사진에는 없지만 저 꽃다발도 그 처자가 사 온 거고…….' 사진을 가리키며 할머니는 긴 한숨을 내쉬었다. '저 사진도 그 여자가 찍어 준 거였잖아요, 어머니. 분홍 원피스에 긴 머리를 한 소녀 같은 아가씨.' 아빠도 할머니 기억을 일깨우며 한마디 보탰다.

하루는 할머니가 케이크를 자르려다 말고 멈칫했다. '이것 때문인가? 죽어도 이 집을 포기 못 하겠다고 하는 게…….' 혼잣말하듯 중얼거리며 할머니는 한동안 생각에 잠겼다. 포크를 들고 기다리던 영서 누나가 할머니를 재촉하자 그제야 정신을 차린 할머니는 케이크를 잘랐다.

민서의 눈길이 다시 사진으로 향했다. 이전에는 사진에 찍힌 사람만 보였는데 이젠 사진을 찍어 준 사람까지 눈에 어른거렸다.

"케익은 이따 집에 가져가서 누나랑 같이 먹어라."

할머니는 중요한 또 한 사람을 잊고 있었다는 듯 민서에게 일렀다.

그 말에 민서는 오던 길에 있었던 일을 다시 떠올렸다. 사고 현장의 기억이 다시 생생해지자 집에 돌아갈 일이 막막하게 느껴졌다. 너무 놀라서 갈피를 못 잡던 그 순간, 누군가의 다급한 외침이 들리지 않았다면, 그 자리에 민서 혼자였다면, 그랬더라도 그곳을 그냥 지나칠 수 있었을까? 민서는 그러진 못했으리라는 걸 잘 알고 있었다. 하지만 혼자서 대체 어떻게……? 휘발유 냄새와 함께 처참한 광경이 자꾸 상상되어 속이 울렁거렸다. 만일 그 자리에 큰아빠와 함께였더라면, 큰아빠는 예전처럼 또 민서를 감싸 안고 서둘러 그 자리를 피했을까……?

"장남, 어서 드시게. 빈속에 술만 자꾸 들이키지 말고."

할머니는 다시 데워 온 미역국을 큰아빠 앞에 놓았다.

스무 살 아들의 왕성한 식욕을 다시 한 번 보고 싶은 어머니의 간절함이 깃든 말이지만, 민서의 기억에 큰아빠가 생일상 앞에서 식욕을 보인 적은 한 번도 없었다.

"민서야, 케익 안 먹어?"

누나와 같이 먹으라고 했던 것을 벌써 잊은 듯 할머니가 말했다.

"어머니도 참."

큰아빠가 너털웃음을 지었다. 할머니의 집요함을 지적한 것인지 아니면 깜박깜박하는 기억력이 안타까운 것인지는 알 수 없었다.

민서는 할머니가 밥그릇을 들고 따라다니며 떠먹이던 어릴 적 기억을 떠올렸다. 때로는 큰아빠가 할머니를 대신해 밥을 먹여 주기도 했다. 큰아빠는 할머니와 달리 민서가 고개를 저으면 바로 숟가락을 거두었다. 아이에게 밥 한 숟가락도 강요하지 못하는 여린 심성이었다.

"큰아빠, 부탁이 하나 있는데요……."

민서가 머뭇거리며 말을 꺼냈다.

큰아빠는 민서에게로 고개를 돌리고 다음 말을 기다렸다.

"이따, 집에 갈 때…… 같이 가 줄 수 있어요?"

민서는 왔던 길을 혼자서 갈 자신이 없었다. 아니, 그보다는 큰아빠와 같이 가 보고 싶었다. 예전처럼 큰아빠와 다시 그 길을 걸어가면 어떨까? 다시 한 번 그 상황에 놓인다면, 무엇보다 큰아빠가 곁에 있으면, 뭔가 달라질 수도 있을 것 같았다. 이전과는 분명 다를 것 같았다. 아니, 달라야 할 것 같았다.

큰아빠는 이유도 묻지 않은 채 고개를 끄덕여 보였다. 허락을 얻고 나니 가슴을 짓누르던 어떤 것에서 풀려난 기분이었다. 두통도 메슥거림도 한결 가라앉았다. 가슴 저 깊은 곳에서 용기 혹은 자신감 같은 것이 조금씩 싹트는 느낌이었다. 민서는 소파에서 일어나 케이크 상자가 있는 쪽으로 갔다.

"어이구, 우리 민서, 이제 입맛이 돌아왔나 보구나."

할머니 목소리에 생기가 실렸다.

민서는 케이크 상자를 가져와 상 위에 올려놓았다. 상자에 붙은 양초와 성냥부터 챙겼다. 양초를 보면서 민서는 처음으로 큰아빠 나이를 알게 되었다. 59세. 아빠보다 네 살이 더 많았다.

"큰아빠 내년이면 육십 살이에요, 할머니?"

민서의 느닷없는 질문에 분위기가 갑자기 썰렁해졌다. 고개를 끄덕여 보이던 할머니는 얼굴이 차츰 일그러지더니 마침내 상을 등지고 돌아앉았다.

"큰아빠, 촛불 꺼야 해요."

민서가 성냥을 그으며 큰아빠에게 다짐하듯 말했다.

대답 대신 큰아빠는 옆에 있던 담배를 집어 들고 일어나 마당으로 나갔다. 화단을 바라보며 담배를 피우는 큰아빠 모습이 거실 창으로 보였다. 담배 연기가 꽃들의 눈부심을 살짝 누그러뜨려 화려한 색상이 한층 은은하게 보였다. 큰아빠의 흡연은 어쩌면 꽃도 햇살도 너무 눈이 부셔 연기가 필요한 때문인지도 모른다는 생각이 들었다. 술을 마시는 이유도 다르지 않을 것 같았다. 맨정신으로는 견디기 힘든 세상 때문에 그런 환각제가 필요한지도…….

민서는 촛불이 다 타기 전에 큰아빠가 들어와 줄 거라고 믿으며 초에 하나씩 불을 붙였다. 가늘고 긴 초와 굵고 짧은 초가 서로 높이를 달리하며 빛의 나무들처럼 케이크를 장식했다. 민서는 마당에서 담배를 피우는 큰아빠와 상을 등지고 앉은 할머니를 번갈아 바라보았다. 케이크의 촛불은 주인을 기다리며 조용히 타올랐다. 초가 다 타 버리면 어쩌나, 민서는 초조했다.

어느새 큰아빠가 들어와 상 앞에 앉았다. 할머니도 생일상을 향해 돌아앉았다. 민서는 촛불이 절반쯤 타들어 간 케이크를 큰아빠에게 내밀었다.

"촛불 끄기 전에 소원부터 빌어야 해요."

큰아빠는 알았다는 듯 잠시 생각에 잠겼다.

"이제 꺼도 돼?"

"소원 빌었어요?"

큰아빠는 말없이 고개만 끄덕였다.

"무슨 소원인데요?"

"것두 말해야 돼?"

"싫음 말고. 담에 하고 싶을 때 해요."

민서의 빠른 축약형 말이 떨어지기 무섭게 큰아빠는 휫-휘파람 불듯 촛불을 껐다. 단번에 촛불이 꺼졌다.

"와, 절묘한 타이밍이었어요, 큰아빠!"

민서가 감탄하며 박수를 쳤다. 초들이 거의 다 타들어 가고 있었던 것이다. 아슬아슬한 게임을 치른 만큼 성취감이 더 크게 다가왔다.

심지에서 한동안 연기가 피어올랐다. 연기가 완전히 사라지자 케이크 중앙을 장식하고 있던 글자가 또렷이 드러났다.

축! 생일.

세 사람의 시선이 한동안 그 글자에 머물렀다.

큰아빠가 자리에서 일어나 거실 창 쪽으로 가더니 창문을 활짝 열어젖혔다. 5월의 봄기운이 기다렸다는 듯 집 안으로 넘실넘실 밀려들었다.

"어서 잘라라, 민서야. 케익 한 쪼가리 먹어 보게."

할머니가 어린애처럼 재촉했다.

민서는 큰아빠가 어떤 소원을 빌었을까 궁금해 하며 케이크를 자르기 시작했다.

무겁고 어두운 이야기일수록 밝고 산뜻하게 그려야 한다고 생각했다. 화약 냄새나 총성 하나 없는 전쟁 이야기, 비명 없는 스릴러처럼 비극과 공포는 그렇게 드러내야 더 서늘할 거라는 작가적 소신 또는 고집 같은 게 있었다. 그래서 오랫동안 못 쓰거나 피해 왔던 소재가 있었다. 그중 하나가 우리 현대사의 비극인 광주민주화운동이었다. 역사적 사건의 무게부터가 감당할 자신이 없었다. 잘 써낼 수 있으리라는 확신도 없었다. 그럼에도 갚지 못한 빚처럼 그것은 늘 작가적 자의식에 따라붙는 그림자였다.

용기 없고 소심한 작가의 손에 어느 날 티켓 한 장이 쥐어졌다. 더 머뭇거리다가는 영영 못 쓸지도 모른다는 위기감이 이 광주행 열차인 소설집에 덜컥 오르게 했다. 여행이 쉽진 않았지만 그래도 목적지에 무사히 닿을 수 있었다. 오랫동안 미뤄 온 숙제 하나를 끝낸 기분이라고 할까. 꿈꿔 왔던 만큼의 결실은 아닐지라도 첫 단추를 꿴 의미로는 충분하다고 자위한다. 생일 케이크에 드디어 초 하나를 꽂은 셈이다.

[분홍 토끼를 위하여]

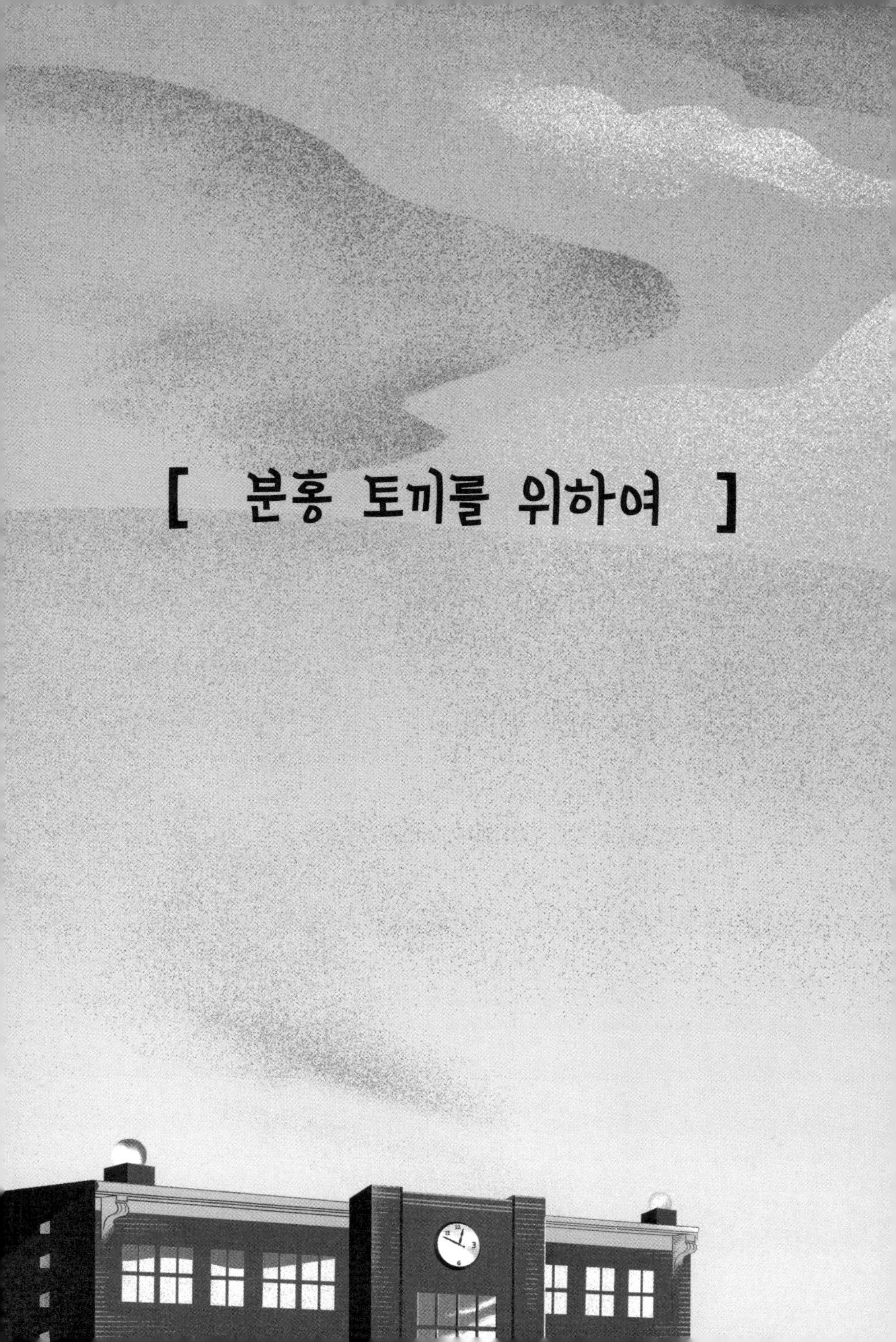

정 미 영

「레벨업」으로 제13회 5·18문학상 동화 부문 신인상을 받으며 등단했다.

내가 어릴 때, 달에 사는 토끼는 행복했다. 쿵덕쿵덕 떡방아를 찧고, 노란 달을 빚어 내게 보여 줬다. 미끄럼틀에 어둠이 깔려도 무섭지 않았다.

달이 구름 뒤에 숨어 캄캄하던 밤, 할머니 손을 잡고 어두운 골목을 걸었다. 커다란 여행 가방 바퀴가 달달달 울며 내 뒤를 따랐다. 엄마 아빠는 떠났고, 골목 끝에 뭐가 있는지 몰라 무서웠다. 나는 까만 하늘을 올려다보며 부탁했다.

'토끼야, 토끼야, 숨바꼭질 그만하자.'

토끼가 짠 하고 나타나길 바랐지만, 이제는 안다. 달에 토끼 따위는 없다. 화산 활동, 운석 충돌, 토양 균열 등으로 엉망이 된 흉터 자국만 있을 뿐.

[긴급 공지] 하늘고 A.R.M.Y들
점심, 옥상으로 Fire

새롬이 보낸 전체 문자가 내게도 왔다. 피식 웃음이 났다. 드디어 나를 방탄 팬클럽 아미로 믿는구나. 메시지에 딸려 온 링크를 클릭했다. 누군가의 SNS로 연결됐다. 분홍 토끼 인형이 축축한 아스팔트 바닥에 떨어져 있다. 웃고 있는 토끼 얼굴 위에 신발 자국이 선명했다. 토끼라니! 아미들은 아직도 달에 사는 토끼를 믿는 건가. 분홍 토끼 사진 밑에 영어로 쓴 글이 붙어 있다. 번역기를 돌리자, "여성 시위대가 체포되는 순간, 그의 책가방에서 떨어진 분홍색 토끼"라고 떴다. 새롬이 왜 분홍 토끼 사진을 뿌렸을까.

"샘!"

지리를 가르치는 담임 별명은 모지리 씨다. 모지리 씨는 선생 중 유일하게 방탄 팬을 자처하며 부담스럽게 학생 사이에 끼려 했다. 나는 분홍 토끼 인형 화면을 모지리 씨 앞으로 내밀었다. 새롬과 단둘이 영화 볼 기회를 잡았는데, 분홍 토끼 따위를 몰라 진짜 아미가 아니라는 걸 들킬 순 없다.

"샘, 분홍 토끼가 왜 바닥에 누워 있을까요?"

나는 모지리 씨 앞으로 달려가 물었다. 모지리 씨가 내 스마트폰 화면을 보자마자 한숨을 폭 내쉬었다.

"국진찬, 잘 걷어서 교무실로 가지고 와."

모지리 씨가 내게 스마트폰 수거 바구니를 넘겼다.

"샘, 뭐 보세요?"

모지리 씨가 나를 보고, 들고 있던 스마트폰을 교무실 책상 위에 내려놓았다. 동영상이 계속 재생됐다. 시위대 모습 같았다. 모지리 씨가 가방에서 자동차 키를 꺼내 보여 줬다. 분홍 토끼 인형이 달려 있었다. 모지리 씨 설명에 따르면 분홍 토끼는 방탄 팬을 위한 캐릭터 소품이었다.

"내가 너만 할 땐 장국영 팬 아닌 애들이 없었어. 너도 방탄 팬이지?"

나는 대답 대신 씩 웃어 보였다. 나는 아이유 팬이다. 새롬은 아이유를 닮았다. 모지리 씨 스마트폰 화면이 흔들렸다. 한 무리의 군중이 정신없이 달리고, 제복 입은 사람들이 그 뒤를 무섭게 쫓았다.

"샘, 저, 저…… 뛰는 애들요. 학생 맞죠?"

내 물음에 모지리 씨가 고개를 끄덕였다.

모지리 씨는 전 세계 아미들이 불의에 저항하는 깨어 있는 팬이라며 뿌듯해했다. 영국의 식민지였던 홍콩이 중국에 반환된 순간 불안이 잉태됐다나? 장국영 서점, 시민 불복종 운동, 우산 혁명까지 계속 떠들어 댔다. 또 화면이 흔들렸다. 모지리 씨가 입을 다물었다. 송환법 반대를 외치는 홍콩 시민들에게 정부가 물대포를 쏜 것이다. 모지리 씨 얼굴이 일그러졌다. 도망치던 학생이 제복 입은 사람에게 붙잡혔다. 학생 이마에서 피가 흘렀다. 학생이 피를 흘리며 다시 뛰었다. 그러다 카메라 앞에 멈춰 서서 고개를 들었다. 작고 마른 소녀였다. 소녀는 카메라를 향해 울부짖었다. 모지리 씨가 또 한숨을 크게 내쉬었다.

"샘, 걱정 마세요. 안전한 곳에 숨었을 거예요."

나는 모지리 씨 책상 옆의 서랍장에 스마트폰 수거 바구니를 넣었다.

교무실 문을 나서자 내가 빼돌린 스마트폰이 허벅지에서 지이잉 떨렸다.

[D-DAY] 점심, 급식 심폐 소생술 플래시 몹
복통 호소 몸짓으로 운동장에 드러눕기

나는 고개를 설레설레 흔들었다. 문자를 보낸 걸 보니 심태우도 스마트폰을 빼돌렸다. 새롬과 같은 반인 심태우는 선생들 사이에선 모범생, 학생들 사이에선 셀럽으로 통한다.

선생들은 교육청 홈페이지에 익명으로 급식 불만 의견을 올린 학생을 찾고 있다. 고등학생은 하루 두 끼를 학교에서 먹는다. 중식은 무료, 석식은 유료다. 돌도 씹어 먹을 나이라고 하지만, 진짜 돌만 먹고는 공부할 수 없다. 그런데도 선생들은 급식에 불만이 있다고 의심되는 학생을 교무실로 불렀다. 모지리 씨도 그랬다. 나는 용의선상에 들지 못했다. 할머니와 둘이서 사는 나는 무료로 석식을 먹는다.

우리는 누가 교육청에 고발했는지 아직 모른다. 하지만 고발인 색출이 시작된 후 아이들은 화장실에서나 쑥덕대던 급식 불만을 대놓고 말했다. 선생들이 애들을 잡아 상담이라는 이름의 취조를 시작했다. 단속이 심해질수록 아이들의 목소리가 커졌다.

더운 날이었다. 복통이 동시다발적으로 일어났다. 그날 심태우도 병원에 실려 갔다. 우리 반도 반 이상이 복통을 호소했다. 병원에 입원했던 학생들이 퇴원했다. 그리고 아침 뉴스를 보게 됐다. 자막에 고래회충이라고 적혀 있었다. 화면은 우리 학교 운동장을 비췄다. 그 뉴스를 본 아이들 중 일부가 야간 자율 학습을 제꼈다. 석식 거부였다.

"우리가 왜! 돈 내고 쓰레기를 먹어야 돼. 아침부터 저녁까지 잡혀 있다는 이유만으로?"

심태우가 학교 앞 분식집에서 벌떡 일어나 외쳤다.

이튿날, 샘들은 모르고 애들만 안다는 '잠수함 토끼' 자율 동아리가 비밀스럽게 탄생했다. 완전 밀폐된 잠수함에 산소가 부족해지면, 제일 먼저 죽어 위험을 알리는 존재가 잠수함 토끼다. 하늘고 잠수함 토끼는 위험한 급식을 먹고 제일 먼저 쓰러진 존재로, 학교 급식을 개선할 사명이 주어졌다. 학교 문제를 파헤치는 자율 동아리를 지도해 줄 선생은 없다. 하지만 자율 동아리 활동을 밖으로 알릴 수는 있다. 심태우 말대로 핫이슈가 되면 생활기록부만큼 중요한 자기소개서에 멋진 이력을 추가할 수 있다고, 새롬이 내게 알려 줬다. '잠수함 토끼'에 가입하라고 속삭이면서. 내 심장이 쿵쾅댔다. 새롬의 세계에는 두 종류의 인간만 존재한다. 방탄 팬 아미거나, 방탄 팬 아미가 아니거나. 나는 새롬의 여가 활동에 끼고 싶었다. 새롬 말에 따르면 하늘고 아미들은 잠수함 토끼들과 유닛처럼 활동하기로 했다. 나는 심태우가 리더로 있는 잠수함 토끼에 가입하지 않았다. 아미인 척했을 뿐.

교실로 돌아가며, 새롬 반을 슬쩍 훔쳐봤다. 새롬이 긴 머리카락을 쓸어 뒤로 넘겼다. 활짝 웃으며 고개를 뒤로 젖혔다. 반달이 된 눈이 상큼했다. 새롬도 분홍 토끼 인형을 손에 들고 있었다. 새롬이 뒤를 돌아봤다. 또 심태우다. 둘이 무슨 말을 주고받는 걸까? 새롬이 눈이 동그랗게 커졌다. 나는 복도 구석에 몸을 숨기고 심태우가 보낸 문자를 삭제했다.

"이 녀석들, 종소리 안 들려? 빨리, 빨리 교실로!"

선생 목소리가 내 등을 떠밀었다.

탕! 탕! 탕!

나는 신경을 곤두세운 채 우리 반으로 들어갔다.

내 자리는 창가다. 본관 3층 교실에 앉아, 운동장과 별관 복도 일부를 볼 수 있다. 선생 한 명이 지휘봉을 들고 별관 복도를 천천히 걷고 있었다. 슬쩍슬쩍 교실 안을 훔쳐보면서. 왠지 꺼림칙했다. 나는 몰래 빼돌린 스마트폰 전원을 끄고 가방 안주머니에 깊숙이 숨겼다.

2교시 국어. 선생이 모의고사 문제를 풀라고 했다. 손에 지휘봉이 들려 있다. 앗! 별관 복도를 걷던 선생도 같은 지휘봉을 들고 있었다. 리코더 정도의 굵기에 길이는 40센티미터쯤 되려나. 크지 않지만, 까만색이라 위협적으로 보였다. 나는 고개를 박고 지문을 읽었다. 생각보다 순조롭게 문제가 풀렸다. 쉬는 시간 종이 울렸다. 허리와 어깨가 뻐근했다.

나는 계단을 두 칸씩 올라갔다. 바람을 쐬고 싶었다. 옥상 문손잡이를 잡고 돌렸다.

털컹! 덜컹! 더덜컹!

문이 꿈쩍도 하지 않았다. 새롬이 말한 옥상은 별관인가. 그럴 리가. 본관 옥상은 학생들의 녹화 활동 체험 목적으로 지원금을 받아 만든 시범 정원이다. 뉴스에도 나왔다. '학교의 변신은 무죄! 지친 학생들을 위한 열린 공간'이라고.

"국진찬, 뭐 해?"

모지리 씨 손에도 까만 지휘봉이 들려 있었다.

"아, 저……. 그게, 좀 피곤해서요."

내 목소리가 쪼그라들었다.

모지리 씨가 계단참 구석에 있는 자판기에서 캔 커피를 뽑아 내밀었다.

"정신 바짝 차리고. 파이팅!"

"감사합니다."

모지리 씨가 내 어깨를 두드렸다.

나는 꾸벅 인사하고 계단을 빠르게 내려갔다.

복도를 걸으며 또 새롬 반을 들여다봤다. 뒤편 끝자리에 아이들이 몰려 있었다. 그 중심에 심태우가 있다. 새롬이 안 보였다. 눈을 돌려 복도를 살폈다. 화장실에 갔나? 수업 시작종이 울렸다.

순식간에 복도가 텅 비었다. 복도 끝에서 물리 선생이 걸어왔다. 오른쪽 옆구리에 교과서를 끼고 손에 까만 지휘봉을 들고. 살짝 무서운 생각이 들었다. 그나마 위안이 되는 건 학교 체벌 금지! 선생은 학생 몸에 지휘봉이든 몽둥이든 휘두를 수 없다.

3교시 물리 수업이 시작됐다. 출석을 확인한 선생이 커튼을 치라고 했다. 아이들이 웅성댔다.

탕! 탕! 탕!

까만 지휘봉이 칠판을 두드렸다.

"볼일만 보고 바로 와."

"넵!"

나는 잽싸게 교실을 빠져나왔다. 복도를 걸으며 다른 반을 살폈다. 운동장 쪽으로 난 창문 커튼이 모두 닫혀 있다. 새롬 반도 그랬다. 그런데 새롬이 보이지 않는다. 뭐야? 심태우도 자리에 없잖아.

"학생!"

처음 본 선생이 나를 불렀다. 손에는 역시 까만 지휘봉을 들고 있었다.

"아, 그게 화, 화장실이 급해서."

"몇 반 누구?"

나는 물리 선생에게 허락받은 상황을 설명했다. 머릿속이 부글부글 끓었다. 설마 둘이 같이…….

"아, 그래. 복도에서 실수하면 안 되지."

처음 본 선생이 미안한 듯 미소를 머금고 지나갔다. 나는 화장실을 향해 뛰었다. 변기에 앉아 스마트폰 전원 버튼을 눌렀다.

[긴급공지] 하늘고 A.R.M.Y들
점심, 옥상으로 Fire

새로 들어온 문자는 없다. 앗, 아까 확인 못한 링크가 하나 더 있네. 클릭하자 유튜브로 연결됐다. 가만히 보니 우리나라 촛불집회 영상 같았다. 그런데 천막 무대 앞에 서 있는 남자가 중국어로 말했다. 영상 제목을 봤다. '홍콩 시위, 〈임을 위한 행진곡〉이 울려 퍼졌다'였다. 무대 위 남자가 기타를 치며 노래를 불렀다. 복고풍인가? 분명 어디서 들어 본 노래 같은데, 뭔가 올드했다. 바닥에 앉아 있는 군중이 양손으로 허벅지를 치고 어깨를 치고 주먹을 내질렀다. 멜로디 사이사이 "어이! 어이!" 추임새를 넣었다. 방탄 신곡인가?

나는 다시 새롬을 찾아 별관을 향해 걸었다. 본관 3층과 2층 사이 계단참을 지날 때, 누가 빽 소리를 질렀다. 얼른 벽에 붙어 창밖을 내려다봤다.

몇몇 선생과 낯선 사람들이 운동장 뒤편에서 실랑이를 벌이고 있었다. 선생이 뭔가를 낚아챌 듯 손을 휘둘렀다. 반대편에 있는 아저씨 손에 카메라가 들려 있다. 뭐야? 심태우가 정말 언론 매체에 알린 거야? 선생 한 명이 낯선 아저씨 어깨를 팍 밀쳤다. 낯선 아저씨 뒤에 서 있던 낯선 여자가 뒷걸음질 쳤다. 진짜 기자가 온 건가? 낯선 여자가 주위를 살피며 선생들에게 뭐라고 대꾸했다. 크게 좀 말하지, 소리가 뭉개져서 뭔 말을 하는지 하나도 모르겠다. 선생 손에 들린 지휘봉이 허공에서 흔들렸다. 설마, 사람을 때리진 않겠지.

심태우가 몸을 뒤로 빼며 피식 웃었다.

"뻥치지 마! 별관 3층 복도에 있었어!"

갑자기 화장실 문 열리는 소리가 났다. 심태우가 내 입을 틀어막았다. 검은 그림자가 우리 쪽으로 다가오는 게 느껴졌다.

탁, 타아악, 탁 탁, 타악…….

신발 끄는 소리가 울렸다. 누가 변기 칸 문을 슬쩍슬쩍 밀면서 다가왔다.

심태우가 변기 위로 올라갔다. 검은 그림자가 우리 옆 칸에 섰다. 본능적으로 숨을 곳을 찾아 심태우를 돌아봤다.

쩔꺽!

내 등이 문고리를 건드렸다. 폭탄 소리만큼 크게 울렸다. 심태우가 눈을 부라리며 변기 물을 내렸다.

쿠르르릉, 쏴아아아아.

다음 순간, 나는 국어 선생과 마주 서 있었다. 심태우가 자기만 살려고 나를 밖으로 떠민 것이다.

"이 자식, 수업 시간에 뭐 하는 거야?"

"그러니까 물리 선생님한테 허락 받고……, 급해서……."

내 다리가 덜덜 떨렸다.

화장실 끝 칸은 바깥 창문과 연결되어 있다. 심태우가 살짝살짝 창문을 미는지 창틀이 조금씩 겹쳐졌다. 잠수함 토끼 리더라고 새롬이 앞에서 멋진 척하더니, 희생은 고사하고 혼자

살겠다고 나를 사지로 몰아! 새롬이 저 자식의 진짜 모습을 알아야 할 텐데.

"급해? 다 아니까, 사실대로 말해!"

국어 선생이 지휘봉으로 자기 손바닥을 탁탁 치며 물었다.

"급하니까 여기까지 왔죠. 샘도 아시잖아요. 여자 화장실이 같은 층에 있는데……."

내가 어깨를 축 늘어뜨렸더니 국어 선생이 피식 웃었다.

화장실 밖으로 걸음을 옮기자 국어 선생도 나를 따라 나왔다. 화장실 문이 닫히기 직전 슬쩍 돌아보니, 심태우가 도망에 성공한 것 같았다.

"야, 국진찬. 여기 교사 화장실인 거 몰라?"

국어 선생이 화장실 문에 붙은 아크릴 판을 가리켰다. 몰랐다. 갑자기 들어왔을 뿐이다.

"너 처음이야?"

국어 선생이 나를 보며 빙글빙글 웃었다.

"네?"

"교사 화장실 변기가 자꾸 막혀. 너냐고!"

"아, 샘!"

내가 얼굴을 찌푸리자, 국어 선생이 허허 웃는다. 나는 교사 화장실에서 한 번도 똥을 안 쌌다. 정말이다. 하지만 어떤 학생은 쌌을 수도 있다. 아침부터 저녁까지 학교에 있는 녀석

불을 가슴까지 내렸다. 머리 위 창문 사이로 달 조각이 보였다. 할머니가 아빠한테 미안하다고 했다. 억울한 세월이 이렇게 길어질 줄 몰랐다고 흐느꼈다. 라디오 뉴스에서 들은 이야기가 마구 떠올랐다. 할머니는 학생들이 목숨 바쳐 지키려 한 민주주의가 뭔지 모르겠다고 했다. 하지만 가끔 밥 먹으러 오던 학생이 죽었다는 소식을 듣고 어떻게 모른 척하느냐고, 화염 가득한 거리로 나가는 할아버지를 잡을 수 없었다고 했다. 아빠가 가슴을 치며 울었다.

이튿날 할머니가 빨갛게 짓무른 눈으로 아침밥을 차렸다. 아빠는 언제 갔는지 집에 없었다.

'아, 제발! 아무 생각도 하지 말자.'

나는 고개를 털었다. 갈릴레이는 망원경으로 달 표면을 제일 처음 관측한 과학자다. 갈릴레이는 뭐가 궁금했을까. 갈릴레이가 아니었으면 사람들은 아직도 달에 토끼가 산다고 믿었을까. 내 실내화 앞코가 보도블록에 닿았다. 눈이 부셨다. 얼굴을 찌푸리며 고개를 들고 하늘을 봤다. 토끼털 같은 하얀 구름이 뭉게뭉게 펴져 있었다. 나는 잠수함 토끼도 아니고 아미도 아니다. 사정없이 본관을 향해 앞만 보고 걸었다.

으으윽!

허공에 발을 내질렀다. 나는 운동장을 째려보다 별관을 향해 달렸다.

"어, 어어, 국진찬! 왜 여기 있어. 너 수업 안 들어갔어?"

모지리 씨가 앞문을 열고 나왔다. 벌써 3층! 새롬이 서 있던 자리였다. 쉬는 시간 종이 울렸다. 모지리 씨는 별관에 지리 수업을 하러 온 거였다.

"어, 샘! 그게 저, 그러니까……."

나는 슬금슬금 뒷걸음쳤다. 수업 다 듣고 본관에서 별관까지 단숨에 뛰어왔다고, 뻥칠 자신이 없었다. 아이들이 복도로 쏟아져 나왔다. 나는 획 돌아서 계단을 뛰어올랐다.

"국진찬, 거기 서! 당장!"

와글와글 개구리처럼 울어 대는 아이들과 꽥꽥 소리치는 선생들 때문에 귀가 멍했다. 나는 위로 올라가야 하는데, 점점 불어난 아이들이 아래로 아래로 내려오면서 어깨를 밀쳤다. 자꾸 걸음이 느려졌다.

"국진찬, 너 정말!"

모지리 씨가 나를 따라 계단을 올라오며 소리쳤다.

"샘, 그만 따라오세요."

탕! 탕! 탕!

벽을 치는 지휘봉 소리가 여기저기서 울렸다.

"야! 교실로 안 들어가!"

탁! 탁! 탁!

“제가 뭘 어쨌는데요?”

모지리 씨 눈이 커다래졌다.

“몰라서 물어?”

모지리 씨가 한 계단 올라서며 내게 물었다.

“네.”

나도 한 계단 뒤로 물러섰다.

“너 정말…….”

모지리 씨 목소리가 떨렸다.

“샘도 아미잖아요!”

모지리 씨 입이 벌어졌다. 말이 안 나오는지 허, 허, 허만 연발했다. 모지리 씨는 홍콩 아미들이 자기 생각을 말한 죄로 끌려갈까 봐 걱정했다. 모지리 씨가 진짜 아미라면 억압에 맞서야 한다. 학생의 자유 발언을 보장해 줘야 한다. 모지리 씨는 진짜 아미일까? 나는 가짜 아미가 맞나? 이 계단참만 지나면 옥상이다. 갈릴레이가 종교 재판을 받았듯 나도 어떤 형태의 징계든 피할 수 없을 것 같다. 나는 계속 위로 움직이며 흘끔흘끔 뒤를 살폈다.

끼이익—.

옥상 문이 쇠 긁는 소리를 내며 밀렸다.

철커덩!

바람이 문을 확 젖혔다. 문고리를 잡고 있던 나는 옥상 바닥에 그대로 내동댕이쳐졌다.

"국진찬, 괜찮아?"

나는 바닥에 넘어진 채 뒤돌아봤다.

모지리 씨가 애벌레처럼 꿈틀댔다. 모지리 씨 다리는 건물 안쪽에 허리 위쪽은 옥상 밖으로 뻗쳐 있다. 내 뒷덜미를 잡으려다 같이 넘어진 거다. 피식 웃음이 났다.

"너, 웃음이 나와?"

모지리 씨가 그렁그렁한 눈으로 나를 째려봤다.

"샘, 손바닥에 피 나요."

내가 모지리 씨를 일으키며 말했다.

"넌 괜찮아?"

모지리 씨가 내 옷을 털어 주며 물었다.

"국진찬, 꿀은 어디에 발라 놨는데?"

나는 주위를 둘러봤다. 새롬이 없다.

찌이익—.

학교 전체에 소음이 일었다.

"아, 아, 하늘고 학생 여러분, 당장 교실로 돌아가세요. 다시 한 번 말씀드립니다……."

나는 난간 앞으로 갔다. 운동장에 누워 배를 잡고 뒹구는 아이들이 점점 늘어났다.

"국진찬, 네 손바닥도 까졌어. 같이 보건실 가자."

새롬이 직접 뛰어가 아미들에게 알렸나 보다. 어쨌든 새롬은 지금 교실에 있다. 저 글자 뒤 어딘가에.

나는 바지 주머니에 손을 넣었다. 검지 끝에 렌즈가 닿았다. 매끈한 떨림, 암호가 풀렸다. 나는 분홍 토끼도 아니고, 운동장을 뒹구는 잠수함 토끼도 아니다. 하지만 물리 문제의 답은 알고 있다. 운동 제2의 법칙처럼 마음의 질량이 달라도 우리는 같은 속도로 자유 낙하를 할 수 있다.

나는 스마트폰을 꺼내 동영상 버튼을 눌렀다. 카메라 렌즈가 맞은편 건물을 담았다. 클로즈업한다. 글자가 점점 선명해진다. 창문을 훑으며 아래로 아래로, 운동장을 비추며 줌아웃. 아이들 얼굴은 필요 없다. 누워서 배를 잡고 뒹구는 잠수함 토끼들 모습만 전체적으로 담아낸다. 아이들이 노래를 부르듯 구호를 외치기 시작했다. 순식간에 빨딱 일어난 아이들이 깡충깡충 흩어졌다. 선생들이 지휘봉을 들고 잠수함 토끼들을 쫓았다. 4교시 시작종이 울렸다. 지휘봉을 든 손이 힘없이 늘어졌다. 나도 촬영을 멈췄다. 토끼몰이가 끝났다. 어쩌면 쫓을 필요가 없다는 것을 깨달았겠지. 용의자는 모두 학교 안에 있으니까.

"아, 아, 수업이 없는 선생님은 교무실로 와 주십시오. 다시 한 번 안내 말씀 드립니다……."

순식간에 운동장이 텅 비었다. 나 혼자 건물 밖 꼭대기에서 있다. 정수리가 뜨겁다. 빛 때문에 옥상 문 안쪽이 시커멓게 보인다. 갑자기 홍콩 아미가 떨어뜨린 분홍색 토끼 인형이 눈에 밟혔다.

영정 사진 속 할아버지는 아빠보다 젊다. 그날 할아버지는 광주 시내에서 무엇을 보았을까. 할머니, 미안. 나는 SNS를 열고 내가 촬영한 동영상을 터치했다. 지독한 어둠 속으로 동그란 빛을 쏘아 올렸다. 순식간에 우리의 외침은 학교 담을 넘어 우주로 날아갔다.

매일 아침 뉴스를 봅니다. 인터넷은 세계의 소식을 실시간으로 보여 줍니다. 오늘도 세계 곳곳에서 민주주의를 향한 외침이 이어지고 있습니다. 그 중심에 세계의 청소년들이 있습니다.

1980년 5월 18일부터 열흘 동안 광주는 민주주의를 꿈꾸는 시민들의 함성으로 가득 찼습니다. 군부 정권은 총칼로 시민들을 짓밟았습니다.

벌써, 40년이 흘렀습니다. 민주주의를 꿈꾸며 생을 바친 젊은이들. 그 가족들은 먼저 간 아들딸의 삶을 자신의 삶에 포갰습니다. 살아남은 자들은 광장에서 <임을 위한 행진곡>을 부르고 또 불렀습니다. 노래는 국경을 넘어 민주주의를 희망하는 모든 이들의 가슴에 닿았습니다.

청소년은 미성숙하지 않습니다. 뜨겁습니다. 불의에 눈감지 않는 학생들의 외침은 철없는 짓이 아닙니다. 과거와 현재의 청소년이 그런 것처럼, 미래의 청소년도 가장 어두운 곳에서 가장 먼저 촛불을 들겠지요. 저는 시간의 힘을 믿습니다.

[행진]

정도경

대학에서 러시아와 SF에 관해 강의하고 있다. SF와 환상 문학을 쓰기도 하고 번역하기도 한다. 중편「호(狐)」로 제3회 디지털작가상 모바일 부문 우수상을, 단편「씨앗」으로 제1회 SF 어워드 단편부문 본상을 받았다.『붉은 칼』『문이 열렸다』등의 장편소설과『저주토끼』『씨앗』등의 소설집이 있으며, 많은 앤솔러지에 활발히 작품을 내고 있다. 옮긴 책으로『안드로메다 성운』『거장과 마르가리타』등이 있다.

엄마가 돌아온 날 언니는 도망치자고 했다. 엄마는 창문 앞에 서서 마치 뭔가 기다리는 듯 상체를 앞으로 기울인 채 목을 길게 내밀고 밖을 바라보고 있었다. 저러다가 확 넘어질 것 같다고 나는 생각했다. 그러나 엄마는 넘어지지 않았다. 바닥에서 솟아 나온 두 팔이 엄마의 다리를 붙잡고 있었기 때문이다. 돌아온 엄마는 양팔이 없었다. 바닥에서 솟아 나온 팔은 그러니까 아마 엄마 팔일 거라고 나는 생각했다. 엄마는 아마 저런 모습으로 죽었을 거라고, 나는 생각했다.

엄마는 창밖을 바라보았다. 그리고 언니는 마치 엄마가 보이지 않는 것처럼, 나에게 도망치자고 말했다. 새로운 도시에서, 새로운 이름으로, 이곳 출생이라는 사실을 버리고, 이곳의 삶을 모두 버리고, 새로운 말투를 익히고……. 그러면 더는 싸우지 않아도 될 거라고, 더는 두려워하지 않아도 될 거라고 언니는 말했다.

"왜 우리가 도망쳐야 해?"

내가 따졌다.

"모든 사람이 다 투사가 될 수는 없어."

언니가 대답했다.

"나중에 얘기해. 나 학원 가야 돼."

나는 집을 나왔다. 언니가 등 뒤에서 소리쳤다.

"딴 길로 새지 말고 끝나면 곧장 집에 와!"

나는 딴 길로 샌다.

방 안에는 종이가 가득하다. 크기도 재질도 제각각이다. 이렇게 많은, 이렇게 다양한 종이를 한 곳에서 본 적이 없는 것 같다. 스티커, 포스터, 엽서, 전단, 성명서, 선언문, 피켓. 파일 전송은 쉽고 빠르지만 지울 수 없는 디지털 흔적을 남긴다. 종이는 느리고 비싸지만 확실하다. 확실하다는 건 무슨 말이냐면, 그러니까, 종이는 특별하다는 뜻이다. 선언문을 물리적으로 손에 들고 있는 순간 현실 세계의 물건만이 줄 수 있는 단단함이 마음을 받쳐 준다. 나는 포스터와 전단과 스티커의 표면을 손가락으로 쓸어 본다. 전단의 광택 나는 매끈한 감촉을, 피켓의 거친 표면과 두껍고 단단한 질감의 무게를 느껴 본다. 피켓을 머리 위로 들어 올려 본다.

우리는 행진할 것이다. 시끄럽게, 자유롭게, 세상 모두가 보고 들을 수 있도록.

두 걸음도 못 가서 아마 전부 잡혀가겠지만.

"조심해서 챙겨 가."

선생님이 말한다. 나는 피켓을 빼고 가방 안에 넣을 수 있는 크기의 종이 – 스티커와 전단과 포스터와 엽서와 성명서와 선언문을 모아서 가방 바닥에 깊숙이 집어넣는다.

"그런 걸 집에 둬도 괜찮겠어?"

선생님이 걱정한다.

"괜찮아요."

내가 가방을 어깨에 걸치며 말한다. 종이의 무게가 어깨와 등을 누른다. 무겁지만 기분 좋은 감촉이다.

"집에 둘 거 아니에요."

"그래."

선생님은 집이 아니면 어디다 둘 생각인지 묻지 않는다. 나는 인사하고 학원을 나온다.

그애의 집까지 나는 천천히 걷는다. 도시는 언제나 그렇듯 평온해 보인다. 봄날 늦은 저녁의 공기는 신선하다. 해는 벌써 졌지만 가로등 불빛이 짙은 남색으로 물든 하늘을 조심스럽게 밝히고 가로수의 나뭇잎이 상냥한 저녁 바람에 흔들리고 때때로 이름 모를 새소리가 조용히 울린다. 대로에는 무인 자동차들이 조용히 미끄러지듯 흘러 다니고 하늘에서는 외로운 드론이 졸음에 겨운 매미 같은 소리를 내며 떠돌아다닌다.

가로등 앞을 지나면서 나는 후드 티의 모자를 깊숙이 당겨 얼굴을 가린다. 나는 그애의 휴대폰과 스마트 시계를 가지고 있다. 가로등의 인식 장치가 조그맣게 반짝거리며 그애의 휴대폰 위치를 기록한다. 나는 걸음을 재촉한다.

사람들은 거리를 걸어 다니고, 광장에 앉아 이야기한다. 친구끼리, 연인끼리, 가족끼리 부드러운 봄날 저녁을 즐기고 있다. 광장에서 아이들이 탱크 위로 기어오르고 분수대 주변에서 즐겁게 소리치며 뛰어다닌다.

마치 아무 일도 없는 것만 같다고 나는 생각한다. 마치 이틀 전에 주차장 뒤에서 변사체가 발견되지 않은 것만 같다. 지난주에 강변에서 변사체가 발견되지 않은 것만 같다. 아랫집 가족은 큰아들이 학교 가는 길에 실종된 후 갑자기 이사를 갔다. 그 집 큰아들은 우리 학교를 다녔고 나보다 한 학년 위였다. 중학교 3학년 때는 옆 반 담임 선생님이 학기 중에 갑자기 그만두고 사라졌다. 교장 선생님은 그 선생님이 병이 나서 입원했다고 설명했지만 진짜 이유를 모두들 알고 있었다. 이유는 다들 알고 있지만 아무도 큰 소리로 말하지 않았다. 말하지 못한다. 이틀 전, 지난주, 작년에 시작된 일이 아니다. 그애 아버지도, 우리 엄마도…….

주머니 속에 넣어 둔 그애의 휴대폰과 시계가 진동한다. 나는 깜짝 놀라 휴대폰을 꺼낸다. 내 휴대폰으로 그애가 메시지를 보냈다.

— ㅃㄹㅇ

나는 대답한다.

— ㅇㅇ

머리 위의 드론이 여전히 졸린 매미 같은 소리를 내며 한동안 같은 곳을 돌다가 내키지 않는 듯 천천히 멀어진다. 나는 휴대폰을 주머니 속에 넣고 후드 티의 모자를 손으로 잡아당겨 얼굴을 가리고는 다시 걸음을 재촉한다. 그애 어머니가 집에 돌아올 시간이 얼마 남지 않았다.

물론 도시를 떠난 사람들도 있었다. 돈을 마련하고 살 곳을 마련하고 지역 정부의 허가를 얻는 것은 모두 쉽지 않은 과정이었지만 그래도 어떻게든 이곳을 벗어나 새로운 삶을 찾아간 사람들이 있었다. 그런 사람들에 관해 학교에서는 아이들이 이야기했고 아파트에서는 이웃들이 이야기했다.

행복한 이야기는 듣지 못했다. 큰맘 먹고 찾아갔는데 모르는 척하더라, 문전 박대를 하더라, 이름부터 말투까지 싹 고치고 살면서 한 번도 본 적 없는 사람인 양 외면하더라는 분노에 찬 비난과 그렇게 모르는 척하고 외면하고 자기만 잘 살겠다고 악을 써 봤자 아무 소용없더라는 냉소가 주를 이루었다. 우리가 이곳 출신인 것을 아무리 숨겨도 바깥 사람들은 귀신같이 알아차리더라고, 어른들은 체념한 듯 이야기했다. 말씨에서, 표정에서, 몸짓에서, 이 도시 출신의 '냄새'가 난다고 바깥 사람들이 비아냥거렸다고 했다. 이곳을 떠나도 그 '냄새'는 우리를 따라다녔고 그 '냄새'를 맡은 바깥 사람들은 어떻게든 우리에게 일자리도 지낼 곳도 주지 않으려 했다. 우리는 반역자이고 폭도이고, 더럽고 위험한 전염병이자 쓰레기였고, 우리의 등에는 보이지 않는 낙인이 찍혀 있으며, 그래서 이 도시 말고는 우리를 받아 주는 곳이 없었다. 최소한 어른들의 말로는 그랬다.

군인들이 도시에 들어오지 않았다면 사람들은 떠날 필요가 없었을 것이다. 군인들이 이유 없이 총을 쏘고 이유 없이 이웃과 친구와 가족들을 잡아가지 않았다면, 드론이 우리를 이유 없이 감시하고 가로등과 신호등이 우리를 공연히 24시간 촬영하고 정부와 언론이 근거 없이 우리를 반역자라고 폭도라고 자꾸만 외치지 않았다면, 떠난 사람들은 고향을 잊고 친지와 가족을 모르는 척하지 않아도 되었을 것이다. 바깥 사람들은 우리를 믿지 않고 이런 사실도 알지 못한다. 드론과 신호등과 가로등과 군인들과 정부를 큰 소리로 욕하는 건 위험하기 때문에, 두렵기 때문에, 어른들은 어쩔 수 없이 떠난 사람들을 욕한다.

그애의 집에 도착했을 때 그애 어머니는 아직 오지 않았다. 그애가 말없이 내 휴대폰을 돌려준다. 나도 그애의 휴대폰과 시계를 얼른 꺼낸다. 내가 건네주는 스티커, 전단, 포스터, 엽서, 성명서, 선언문을 그애는 차례차례 받아서 벽장 안쪽과 침대 밑에 숨긴다. 종이 뭉치가 전부 잘 숨겨져 밖에서는 보이지 않는 것을 확인하고 나는 말없이 방을 나온다.

그애가 현관으로 따라 나온다. 문을 열고 그애는 고개만 살짝 내밀어 밖을 살핀다. 그리고 그애가 끄덕인다. 나는 서둘러 밖으로 나온다. 그애가 내 등 뒤로 황급히 문을 닫는다. 그애도 나도 인사는 하지 않는다.

그애의 어머니는 나를 좋아하지 않는다. 내 언니는 그애의 어머니를 좋아하지 않는다.

처음부터 그러지는 않았다. 내가 어렸을 때, 엄마가 사라지고 얼마 안 됐을 때 그애의 어머니가 나를 돌봐 주었다. 엄마가 사라졌기 때문에 언니는 버티고 버텼지만 결국 어쩔 수 없이 학교를 그만두어야 했다. 처음에는 언니가 엄마를 찾아 다니는 동안, 그다음에는 언니가 일자리를 찾는 동안, 그리고 언니가 일하러 가 있는 동안 그애의 어머니는 그애의 집에서 끼니때가 되면 그애와 함께 나에게 밥을 먹여 주고 내 옷을 빨아 주고 그애와 함께 내 숙제를 봐주었다. 밤늦게까지 언니가 돌아오지 않으면 그애의 방에 나를 함께 재워 주었다. 언니가 일하던 가게와 언니가 다니던 공장에 경찰이 들이닥쳤을 때도, 언니가 친구 집에 한동안 숨어 있어야 했을 때도, 그애와 그애의 어머니는 나를 자기 집에서 지내게 해 주었다. 그러다 3년 전에 그애의 아버지가 사라지고 나서 모든 것이 변했다. 그애의 어머니는 나에게 소리를 지르고 우리 집에 쳐들어와 언니를 때리고 고함치며 울었다. 사라졌던 그애의 아버지가 일주일 뒤에 돌아와 한 달 동안 앓아누웠다가 부엌에서 목을 매달고 난 뒤로 그애의 어머니는 나와 언니를 똑바로 쳐다보려고도 하지 않았다.

언니는 그애의 어머니가 반대편으로 넘어갔다고 했다. 언니가 일하던 음식점과 식료품점에 또다시 경찰이 들이닥친 이유가 그애의 어머니 때문이라고, 그애의 어머니가 언제나 우리 집을 감시하고 건수만 생기면 언니를 밀고하기 때문이라고 말했다. 경찰서에 다녀온 뒤에 언니는 음식점을 그만둬야 했다. 그러나 식료품점 아주머니는 그만둔 척하고 조금만

쉬다가 다시 나와도 된다고 했다. 식료품점 아주머니네 딸은 작년에 사라졌고 시신은 두 달 뒤에 극장 건물 뒷골목에서 발견됐으며 경찰은 식료품점 아주머니네 딸이 옥상에서 뛰어내려 자살했다고 말했고 건강하게 잘 지내던 사람이 도대체 왜 갑자기 자살했는지, 자살하기 전에 사라졌던 두 달 동안 식료품점 아주머니네 딸이 어디서 무엇을 했으며 무슨 일이 있었는지 절대로 알려 주려 하지 않았다.

언니가 식료품점에서 잘리지 않은 건 다행이었지만 거기에서 받는 돈만으로는 월세 내기도 빠듯했다. 언니는 저녁 시간에 일할 두 번째 일자리를 구하지 못해 걱정했다. 이따금 언니는 밤에 혼자 울었다. 그러나 내가 학교를 그만두고 일자리를 구하겠다고 하자 언니는 화를 냈다. 언니가 그렇게 미친 듯이 화를 내는 모습을 나는 생전 처음 보았다.

"엄마가 실종됐을 때 언니도 내 나이였잖아."

내가 주장했다.

"언니도 내 나이 때 학교 그만두고 돈 벌기 시작했잖아."

"그러니까 안 된다는 거야!"

언니가 소리를 빽 질렀다.

"내가 얼마나 힘들었는지 알아? 너까지 그렇게 만들라고? 그건 안 돼! 절대 안 돼! 넌 고등학교 졸업해야 돼! 대학도 가야 돼! 넌 제대로 살아야 돼!"

"언니가 나 때문에 고생하는데 모르는 척하고 나만 제대로 살면 그게 다 무슨 소용이야!"

나도 지지 않고 소리 질렀다. 언니가 마주 고함쳤다.

"하여간 안 돼! 너까지 나처럼 되는 꼴은 죽어도 못 봐! 안 돼! 차라리 내가 죽고 말지……."

소리 지르다 말고 언니는 울었다. 그래서 나는 졌다. 우는 언니에게 계속 소리 지를 수는 없었다.

"언니, 울지 마……."

언니는 두 팔로 얼굴을 가리고 서럽게 서럽게 흐느꼈다. 나는 어색하게 손을 뻗어 언니의 어깨를 살살 쓰다듬었다.

"울지 마, 언니……. 미안해……. 학교 안 그만둘게……. 고등학교 졸업할게……."

그리고 언니가 고개를 들고 눈물에 흠뻑 젖은 얼굴로 말했다.

"떠나자."

언니는 울어서 푹 잠긴 목소리로, 그러나 분명하게 말했다.

"다 버리고 다른 도시로 가서 다시 시작하자."

나는 언니 말에 바로 대답할 수 없었다. 그때 언니 등 뒤로 현관의 어둠 속에서 양팔이 없는 엄마가 소리 없이 솟아 나왔기 때문이다. 엄마는 천천히 발을 끌며 창가로 다가갔지만 곧 우뚝 멈추어 섰다. 창가를 향해 상체를 점점 내밀었다. 나는 우리 집 바닥에서 두 개의 팔이 마치 어둡고 가느다란 나무줄기처럼 솟아 나와서 엄마의 다리를 감싸고 붙드는 모습을 바라보았다. 부드럽고 조심스럽지만 단단하게, 두 개의 어두운 손은 엄마의 정강이를 타고 올라 무릎을 붙잡았다. 엄마는 창가를 향해 몸을 내밀었지만 더는 움직일 수 없었다.

엄마를 보는 것은 10년 만에 처음이었다. 다시 나타난 엄마는 양팔이 없었고 현관 옆 창가의 어둠 속에 반쯤 잠겨 있었다. 그러나 나는 엄마를 곧바로 알아보았다.

언니는 창문을 바라보지 않았다. 엄마에 대해서 말하지 않았다. 엄마가 안 보이느냐고 나는 언니에게 차마 물을 수가 없었다.

군인들이 처음 우리 도시에 쳐들어와서 총을 쏘았을 때 엄마는 이불로 창문을 덮어 가리고 언니와 나를 벽장 속에 숨겼다. 언니와 나는 벽장 속에서 살아야 했다. 벽장 속에서 얼마나 살았는지는 나도 모른다. 굉장히 오래 살았던 것 같다. 우리는 벽장 속에서 밥을 먹고 밤에는 벽장 속에서 웅크리고 잤다. 화장실에 가야 할 때만 엄마가 벽장 문을 열어 주었고 언니도 나도 고개를 푹 숙이고 좁은 거실을 최대한 빨리 가로질러 갔다가 화장실에서 나오면 거실을 최대한 빨리 가로질러 최대한 빨리 침실의 벽장 속으로 돌아가야 했다.

화장실에서 나와 보면 엄마는 언제나 창가에 서서 이불을 살짝 걷고 조심스럽게 밖을 내다보고 있었다. 밖은 그냥 아파트 복도였고 아무 일도 일어나지 않았다. 아주 가끔씩 알 수 없는 불빛이 반짝거리기는 했다. 그러면 엄마는 이불을 살짝 걷고 휴대폰의 조그만 불빛을 창문에 비추곤 했다.

"엄마, 불 꺼."

그럴 때면 내가 화장실 문 앞에 웅크린 채 속삭였다.

"들켜."

누구에게 무엇을 들킨다는 것인지, 들키면 어떻게 되는지 여섯 살의 나는 정확히 알지 못했다. 밖에는 군인들이 와 있고, 군인들이 많이 와 있고, 군인들이 총을 쏘고, 총에 맞으면 죽는다고 언니가 설명해 주었다. 군인들은 왜 와 있는 걸까? 왜 많이 왔을까? 왜 총을 쏠까? 아무리 물어봐도 언니도 대답해 주지 못했다. 그저 창문을 항상 가려 놓고 들키지 않게 조용히 있어야 한다고만 했다.

벽장 속 생활은 참을 수 없이 지루했다. 나는 나가고 싶었다. 유치원도 가고 싶고 놀이터도 가고 싶고 친구들도 만나고 싶었다. 나는 엄마를 조르고 언니를 졸랐다. 언니는 참아야 한다고만 말하며 나를 다독였다. 엄마도 처음에는 나를 달래 주었다. 그러나 시간이 지날수록 엄마는 창문 밖을 바라보는 데만 정신이 팔려서 내가 졸라도 거의 대답해 주지 않았다.

그리고 군인들이 문을 부수고 들어왔다. 군인들은 집 안을 뒤지고 가구를 부수고 벽장 속에 숨어 있던 언니와 나를 끌어냈고 언니가 비명을 지르자 때렸다. 그 모습을 보고 나도 울면서 비명을 지르기 시작했고 군인이 다가와서 나를 때렸고 나는 정신을 잃었다. 깨어났을 때는 언니가 나를 부둥켜안고 내 이름을 부르며 울고 있었다. 도시는 군인들로 뒤덮였고 광장은 탱크가 점령했고 매일같이 총소리가 들렸다. 엄마는 돌아오지 않았다. 많은 사람들이 돌아오지 않았다.

그것이 10년 전의 봄날이었다. 이제 도시에 또다시 봄이 찾아왔고 마치 아무 일도 없었다는 듯이 나무들은 푸르고 무성하게 잎사귀를 펼치고 새들은 지저귀고 아이들은 웃고 소리치며 광장의 탱크 옆을 뛰어다닌다. 탱크 안에는 군인들이 있다. 푸른 하늘에서는 드론이, 거리에서는 얼굴 인식 가로등과 신호등이 지나가는 모든 사람을 감시하고 사진과 영상을 촬영한다. 매일같이 사람들이, 젊은 사람들이, 내 또래 아이들이 이유 없이 사라지고, 사라진 사람들을 찾으려던 가족과 친구들도 얼마 지나지 않아 흔적 없이 사라진다.

그래서 우리는 행진할 것이다. 10주년, 아니 10주기가 되는 날 우리는 행진할 것이다. 우리가 잃어버린 사람들을 애도하고 그들의 용기를 기념하고 사라진 사람들의 이름을 외치면서 행진할 것이다. 우리는 폭도가 아니라고, 우리는 반역자가 아니라고, 우리의 말은 거짓이 아니고 진실이며 세상 사람들은 이곳에서 일어난 일들에 관한 우리의 이야기를 믿어야만 한다고 외치면서 행진할 것이다.

"모든 사람이 다 투사가 될 수는 없어."

언니가 말한다. 그러나 누군가는 투사가 되어야 한다. 우리의 도시를 되찾기 위해서, 우리의 미래를 되찾기 위해서 싸워야만 한다. 엄마는 그렇게 싸우다 잡혀가서 사라졌다. 아니, '사라짐 당했다.' 그러니까 나도 싸울 것이다. 엄마를 위해서.

학교 수업을 마치고 돌아와서 나는 그애의 집으로 갔다. 스티커와 전단과 포스터와 엽서와 성명서와 선언문을 찾아서 담당자에게 전달해야 한다. 담당자가 누구인지는 물론 나도 모른다. 언제 어디서 어떻게 만나야 하는지만 알 뿐이다.

내일이다. 우리는 내일 행진한다.

그러니까 오늘 밤 안으로 담당자에게 모두 전해 줘야 한다.

"무겁네."

그애가 종이 뭉치를 내 가방에 넣으며 말한다.

"가질래?"

내가 스티커를 내민다. 그애는 받지 않는다. 말없이 도로 내 가방에 넣는다.

나도 이해한다. 그애의 어머니가 보면 안 된다. 나는 가방을 둘러메고 일어선다.

현관문 열리는 소리가 들린다.

"연수야, 엄마 왔다!"

나는 멈춰 선다. 그애도 멈춰 선다.

나는 그애의 어머니가 장 보러 가서 사 온 물건들을 가지고 부엌으로 가기를 기원한다. 제발 부엌으로 가 달라고 빌고 또 빈다.

발소리와 목소리가 점점 가까워진다.

"네가 좋아하는 레몬 쿨러 사 왔다. 저녁 먹고 나서……."

나는 서둘러 그애를 끌어당긴다. 끌어당기면서 가방을 벗어 침대 밑으로 밀어 넣는다. 그애를 잡아끌면서 침대 위로 올라간다.

"연수야……."

그애의 어머니가 방문을 연다. 나는 그애를 잡아당겨 힘껏 끌어안고 입 맞춘다. 그애의 어머니가 비명을 지른다. 나는 그애를 놓지 않는다.

그애가 팔을 들어 나를 안는다. 그애도 나를 놓지 않는다.

언니가 일하다 말고 달려왔다. 아파트 건물 전체에 울려 퍼지는 대대적인 싸움이 벌어졌다.

아무도 내 가방을 들여다보려고 하지 않았다. 내 가방 따위 존재하는지조차 신경 쓰지 않았다.

내가 그애 어머니에게 붙잡혀 고함을 들으며 이리저리 떠밀리는 동안 그애가 발로 침대 밑을 휘저어서 내 가방을 바닥으로 밀어 내놓았다. 언니가 나를 붙잡고 끌어내면서 내 가방을 집어 들려고 했다. 나는 재빨리 손을 뻗어 언니보다 먼저 가방을 낚아챘다. 그애의 어머니에게 떠밀리고 언니에게 끌려서 그애의 집을 나올 때 가방은 내 어깨에 안전하게 걸쳐 있었다.

"저런 애하고 어울려서 어쩌려고 그러니!"

그애에게 이끌려 집 안으로 들어가면서 그애의 어머니가 아파트 복도에 쩌렁쩌렁 울리는 목소리로 울부짖는다.

"내가 그렇게 얘기했는데! 저 집이 어떤 집인지 알면서 왜 어울리는 거야!"

그애의 어머니가 통곡한다.

"네 아빠도 그렇게 죽었는데 너까지 잘못되면 난 대체 어떻게 살라고!"

그애가 계속 울며 뭔가 소리치는 자기 어머니를 다독여 현관문 안으로 조심스럽게 이끌면서 나를 바라본다. 시선이 마주친다. 그애가 살짝 웃는다. 그애 어머니의 목소리도, 언니의 목소리도, 이웃들의 시선도, 세상 전체도 한순간 사라진다. 그저 그애가 나를 보고 웃는다.

그애가 자기 어머니와 함께 집 안으로 들어가고 현관문이 닫힐 때까지 나는 그애를 바라본다. 그애의 입술을 생각한다. 미소 짓던 입술을, 내 얼굴에 맞닿았던 그애의 얼굴을, 나를 놓지 않았던 그애의 팔을, 그애의 부드럽고 다정한 온기를 생각한다.

언니는 화냈다. 나에게 화냈고 그애에게 화냈고 그애의 어머니에게 화냈다. 그애의 어머니가 몇 번이나 언니를 밀고했는지, 그래서 언니가 얼마나 고생했는지 소리치며 화냈다. 이곳의 삶은 지긋지긋하다고, 정말 지겨워 죽겠다고, 더 이상은 못 해 먹겠다고 언니는 울면서 고함쳤다.

"엄마 때문이야!"

갑자기 언니가 벌떡 일어서서 창가를 향해 외쳤다.

"엄마 때문이라고! 엄마가 그 사람들을 도와주지만 않았어도! 엄마가 그렇게 끌려가지만 않았어도!"

엄마는 그대로 바닥에 붙잡힌 채 창밖을 바라본다. 돌아서지도 않고 움직이지도 않는다. 언니는 계속 소리친다.

"무슨 암호인지 뭔지! 그런 거 그냥 다 불어 버렸으면 좋았잖아! 군인들이 알고 싶어 하면 알려 주면 되잖아! 그러면 우리만 남겨 놓고 잡혀가서 죽어 버리지는 않았을 거 아냐!"

엄마는 움직이지 않는다.

"내가 얼마나 힘들었는지 알아? 우리 둘만 남아서 내가 얼마나 무서웠는지 엄마가 아느냐고!"

언니는 악을 쓴다.

"왜 이제 돌아온 거야! 왜 하필 지금 다시 온 거냐고!"

엄마는 돌아보지 않는다. 창문에는 이제 이불이 덮여 있지 않지만 엄마는 군인들에게 끌려가던 그날처럼 창밖을 바라보며 바닥에서 솟아 나온 자기 팔에 붙잡힌 채로 굳어 버린 듯이 서 있을 뿐이다.

언니는 운다. 나는 언니의 어깨를 안아서 의자에 앉힌다. 언니는 몸을 떨면서 흐느낀다.

"물 가져올게."

나는 언니의 어깨를 문질러 준다.

언니는 내가 내미는 물컵을 받아 들며 속삭인다.

"나도 싸우고 싶었어."

나는 깜짝 놀란다. 언니는 손으로 눈물을 닦고 코를 훌쩍이며 물을 마신다.

"엄마를 잡아간 놈들하고 나도 싸우고 싶었어."

언니의 두 볼에 다시 눈물이 흘러 떨어진다.

"하지만 네가 위험해지면 안 되니까……."

언니의 말소리가 흐느낌 때문에 군데군데 끊어진다.

"넌 그때 너무 어려서…… 널 두고 나까지 잡혀갈 수는 없었어……. 집에 너 혼자 남으면 어떻게 될지……. 군인들이 총을 쏘면 어떡해. 생각만 해도 무서워서…….”

언니가 딸꾹질을 하면서 속삭인다. 눈물이 흘러 물컵 안으로 떨어진다.

“너까지 잘못되면 어떡해……. 엄마도 없는데 너까지…….”

언니가 물컵을 두 손으로 꽉 붙잡고 소리 죽여 통곡한다.

나는 그애의 어머니가 외치던 말을 생각한다. 누구나 다 투사가 될 수는 없다. 언니가 옳았다는 걸 나는 마음속으로만 인정한다. 누군가는 소중한 사람을 지키고 일상의 생활을 지켜야만 하는 것이다. 그것 또한 투쟁이다. 아마도 그것이 가장 중요한 투쟁일 것이다. 결국 우리는 살아갈 권리를 위해서 싸우는 거니까. 우리의 도시에서 도망치지 않고 살 권리, 두려워하지 않고 살 권리, 남을 밀고하지 않고 가까운 누군가를 배신하지 않아도 안전하게 지낼 수 있는 권리, 사람답게 살 권리를 위해서 싸우는 거니까 말이다.

나는 가방 속의 종이 뭉치를 생각한다. 약속한 시간은 이미 지났다. 담당자는 나를 만나지 못했다. 통곡하는 언니를 두고 휴대폰을 확인할 수는 없었다.

행진은 내일이다. 내가 행진에 직접 가지고 나가는 수밖에 없다.

나는 여전히 흐느끼며 딸꾹질을 하는 언니의 어깨와 등을 문질러 준다. 그러면서 나는 밤에 언니 몰래 밖에 나갈 수 있을지 속으로 궁리한다.

— 가자.

언니와 나는 화들짝 놀란다. 동시에 창가를 돌아본다.

— 가자.

엄마가 창밖을 바라보며 말한다.

— 가자.

"나한테 하는 말일 거야."

내가 마침내 입을 연다.

"전단하고 스티커하고 포스터하고 선언문하고 그런 거 전달해야 돼."

내가 언니에게 소곤소곤 털어놓는다. 왜 속삭이는지는 나도 모른다. 엄마 앞에서 큰 소리로 말하면 무슨 일이 벌어질지 불안하기 때문일 것이다.

"내 가방 안에 다 들어 있단 말이야."

내가 가방 쪽을 가리킨다.

"안 돼."

언니가 고개를 흔든다.

"가지 마."

— 가자.

엄마가 말한다.

"가자."

내가 언니를 바라보며 말한다. 언니는 또다시 고개를 흔든다.

"행진은 내일이야."

내가 속삭인다.

"전달하긴 늦었고, 행진할 때 직접 가져가야 돼."

"안 돼."

언니가 고집스럽게 반대한다.

"십 주기야."

내가 속삭인다.

"앞으로 또 십 년, 이십 년, 평생을 계속 이렇게 살 수는 없어."

— 가자.

엄마가 다시 말한다.

언니가 다시 울음을 터뜨린다. 나는 언니의 어깨를 쓰다듬어 준다.

"가자."

내가 언니에게 속삭인다.

"내일이라고?"

마침내 언니가 울음을 그치고 잔뜩 잠긴 목소리로 묻는다. 나는 고개를 끄덕인다.

"잠깐만 여기 이렇게 있다 가자."

언니가 물컵을 식탁에 내려놓는다. 의자에서 일어선다. 나를 껴안는다.

"잠깐만 이렇게 있다가, 해 뜨면 가자."

언니가 내 귓가에 속삭인다. 나는 고개를 끄덕인다.

해가 뜬다. 햇살 때문에 나는 눈을 뜬다. 엄마는 동이 트는 창밖을 바라보며 창가에 그대로 굳은 듯 서 있다.

언니가 일어선다. 오래전, 벽장 속에서 지내던 때처럼 언니와 나는 식탁 옆 바닥에서 서로 꼭 껴안은 채 웅크리고 앉아 밤을 지샜다. 나도 언니를 따라서 일어선다. 저린 팔다리를 쭉 뻗어 본다.

이제 이렇게 언니와 함께 껴안은 채 웅크리고 밤을 지샐 일은 다시 없을 것이다. 오늘이 지나면 우리는 자유로울 것이다. 살아서 자유롭지 못하다면, 죽어서 자유로울 것이다.

– 가자.

엄마가 창밖을 바라보며 말한다.

언니가 망설이다가 걸음을 옮긴다. 천천히 엄마에게 다가

간다. 언니는 조심스럽게 몸을 숙여 바닥에서 솟아 나온 왼팔을 잡는다. 바닥에서 팔을 뽑아내 엄마의 왼쪽 어깨에 누른다. 왼팔이 엄마의 몸에 붙는다.

언니가 나에게 손짓한다. 나도 엄마에게 다가간다. 여전히 엄마의 다리를 붙잡은 오른쪽 팔을 바닥에서 뽑아낸다. 팔은 마치 그림자처럼 부드럽게 바닥에서 소리 없이 뽑혀 나온다. 물론 그림자에는 감촉이 없으니까 그림자를 붙잡으면 어떤 느낌일지는 알 수 없다. 하지만 그렇게밖에 설명할 수 없다. 나는 그림자처럼 가볍고 부드러운 엄마의 어두운 오른팔을 들어 올려 엄마의 움직이지 않는 오른쪽 어깨에 누른다.

— 가자.

엄마가 양팔을 펼치며 말한다. 처음으로 고개를 돌려 우리를 번갈아 바라보며 말한다. 엄마의 피부는 어둡고 창백하고 엄마의 눈은 단호하다. 그리고 엄마의 얼굴은 다정하다. 10년 전에 그랬듯이, 내 기억 속 엄마의 마지막 얼굴이 그러하듯이.

— 가자.

언니가 현관문을 연다. 엄마는 왼팔로 언니의 어깨를, 오른팔로 내 어깨를 감싼다. 우리는 천천히 문밖으로 걸음을 옮긴다.

아파트 복도에 뽀얗고 말간 새벽 햇살이 비친다. 햇빛 속에서 한 걸음씩 내디딜 때마다 엄마는 조금씩 흐려진다.

— 가자.

엄마가 말한다.

그리고 엄마는 봄날의 햇살과 함께 새벽의 청량한 공기 속으로 녹아 흩어져 버린다.

언니와 나는 엄마가 사라져 버린 자리에서 잠시 멈추어 서 있다. 엄마는 자유롭다. 드디어, 마침내, 엄마는 햇빛 속에서 마음껏 자유로울 것이다. 나는 엄마를 위해 울지 않는다.

옆집 문이 열린다. 그애가 가방을 메고 나오다가 언니와 나를 보고 멈추어 선다. 그애의 얼굴이 굳어진다.

나는 그애를 향해 고개를 끄덕이며 웃는다. 걱정하지 마. 무서워하지 마.

그애도 고개를 끄덕인다. 가까스로 입꼬리를 올려 나를 향해 마주 웃어 준다. 그애의 눈에 눈물이 고인다.

나는 그애의 입술을 생각한다. 나를 안고 놓지 않던 그애의 팔을, 그애의 온기를 생각한다.

언니가 말한다.

"가자."

언니가 나에게 손을 내민다. 나는 언니의 손을 잡는다.

그리고 우리는 어둠 속의 삶을 뒤로하고 이 봄날의 처음으로 자유로운 아침을 향해 두려움 없이 걷기 시작한다.

작품집에 참여하게 됐을 때 가장 먼저 당사자분들께 누를 끼치면 어쩌나 걱정이 되었다. 주인공의 어머니가 문간에 서서 나가지 못하는 장면만 붙든 채로 고민하다가 결국 내가 아는 이야기를 쓰기로 했다. 1968년 프라하의 봄, 2019년 홍콩 시위 그리고 세월호를 생각했다. 쌍용차 해고 노동자들을 생각했다.

우리는 폭력 시위를 하지 않았다. 우리는 폭도가 아니다.

국가 폭력 피해자들은 언제나 ①책임자 처벌, ②진상 규명, ③추모할 권리를 요구해 왔다(2016년 8월 18~19일 서울대학교 국제 심포지엄 <권력과 반대: 한국학을 통해 보는 과거와 현재의 도전>). 세월호도, 쌍용차도, 백남기 선생님도, 광주항쟁도, 일본군 전쟁 성범죄도……. 생각해 보면 잘해야 이제 겨우 간신히 희생자를 추모할 권리를 얻었을 뿐이고 가끔은 그 권리마저도 침해당한다. 완전한 진상 규명과 책임자 처벌은 그저 요원해 보인다.

그렇지만, 그러니까, 계속 저항할 수밖에 없는 일인 것이다.

발문

과거와 현재 그리고 미래

이인휘(소설가)

내가 태어나서 권총을 실물로 처음 본 것은 1980년 5월 17일이었습니다. 총학생회 간부였던 친구가 학교 동아리실에 있는 나를 불러서 총학생회실에 가 있을 때였죠. 저녁 9시 전이었을 겁니다. 친구는 몹시 불안한 표정이었습니다.

"아무래도 이상해. 무슨 일이 일어나고 있는 것만 같아."

1980년 봄, 우리 사회는 격동의 시절을 맞고 있었습니다.

1961년 5·16 쿠데타로 정권을 장악한 박정희는 유신 헌법을 만들어 집회·결사·언론의 자유는 물론 많은 국민의 기본권을 짓누르면서 장기 집권을 노렸습니다.

그러나 국민들은 더는 견딜 수가 없었죠. 그 분노는 부산대학교 학생들의 '유신 철폐' 시위로 촉발되었습니다. 바로 1979년 10월 16일부터 20일까지 일어난 부마민주항쟁이지요. 부산과 마산 시민들의 치열한 항쟁은 처절하게 탄압받고 좌절됩니다. 그러나 그 투쟁의 물결은 사회 곳곳으로 번져 나갔고, 박정희 정권 내부에도 심각한 균열을 만들어 냅니다. 부마항쟁이 끝나고 엿새 뒤인 10월 26일, 정권 2인자라 불렸던 중앙정보부장 김재규가 마침내 박정희의 심장을 향해 권총 방아쇠를 당깁니다. 그렇게 유신 독재는 막을 내립니다.

박정희 군사 정권이 무너지면서 민주화를 향한 국민들의 열망이 봇물처럼 터져 나왔습니다. 그동안 억눌렸던 수많은 목소리가 사회 곳곳에서 쏟아져 나왔지요. 서울은 '민주화의 봄'을 맞은 듯했습니다. 연일 민주주의 쟁취를 위한 대학생들의 시위가 벌어졌고, 그 규모는 점차 커져 갔습니다.

그런데 한편에서는 전두환과 노태우가 1979년 12월 12일, 쿠데타를 일으켜 군부 권력을 장악하고, 정치인들까지 억압해 군사 정권을 세우려는 계획을 진행 중이었습니다.

학생들은 신군부의 음모를 폭로하며 격렬하게 시위를 이어갔습니다. 그러나 전두환과 노태우는 언론을 강력하게 통제해 자신들의 음모가 국민에게 알려지지 않게 차단했습니다. 그래도 학생들의 시위는 점점 불타올랐고 드디어 일반 시민들까지 대거 참여하기 시작했습니다.

1980년 5월 15일, 시청 앞에 10만여 명의 시위대가 모이자, 위기의식을 느낀 신군부는 국민이 납득할 만한 담화문을 내놓겠다며 시위를 멈춰 달라고 했습니다. "청와대까지 진격하자." "기다려 보자." 학생들 사이에 논란이 많았지만, 결국 기다려 보기로 했습니다. 하지만 5월 17일, 이화여대에서 열린 '전국대학생 대표자회의'에 참여한 학생들이 예고 없이 들이닥친 공권력에 의해 무차별 폭행을 당하며 연행됩니다. 총학생회 간부였던 친구는 벌써 그 소식을 전해 듣고, 우리 학교도 침탈당할 것 같다고 걱정하고 있었던 겁니다.

친구의 우려는 현실이 되었습니다. 5층 총학생회실에서 수시로 창밖을 내다보던 친구는 갑자기 얼굴이 사색이 되어 책상 밑으로 기어들어 갔습니다. 나는 그 친구의 행동을 우스꽝스럽게 여기며 창밖을 내다봤습니다. 교문 앞을 딱 가로막고 선 검은 승용차 네 대에서 남자 십여 명이 뛰어내렸습니다. 남자들은 총학생회실로 달려오고 있는 게 분명했습니다.

그때만 해도 정치 현실을 잘 모르던 나는 친구의 걱정을 별스럽게 생각하지 않았는데 분위기가 심상치 않았습니다. 시간이 조금 지나자 문을 잠가놓은 총학생회실 밖에서 구둣발 소리와 함께 학생들의 비명이 들렸습니다. 도서실에서 또는 동아리실에서 들려오는 목소리였습니다. 영문을 모르는 학생들이 왜 그러느냐고 저항하다가 두들겨 맞는 소리였습니다.

나는 창문을 열고 5층 아래를 내려다봤습니다. 창문 밑에 긴 턱이 있는 걸 봤기 때문이었죠. 떨어져 죽을지도 모른다는 생각을 할 겨를도 없이 다급하게 창문을 열고 밖으로 나가 턱에 발을 올려놓고 창틀 난간을 붙잡았습니다. 그리고 조심스럽게 문을 닫았습니다. 잠시 뒤 총학생회실 문을 발로 차는 소리가 들리더니 급기야 문이 부서지며 '꽈당' 하는 소리가 들렸습니다.

"이런 쥐새끼 같은 놈! 나와, 이 새꺄!"

책상 밑에 숨었던 친구의 비명이 터져 나왔습니다. 친구가 살려 달라고 하는 소리도 들렸습니다. 나는 난간을 붙잡은 채 두려움에 떨었습니다. 얼른 이 소동이 끝나 올라가고 싶었습니다. 손에서 힘이 빠지고 몸이 잔뜩 긴장해서 맥이 풀리고 있었습니다. 그런데 갑자기 창문이 열렸습니다. 한 남자가 나를 내려다보며 올라오라는 손가락질을 하더니 무전기를 들고 정문을 바라봤습니다. 정문에 있던 남자가 총학생회실로 난입한 남자들에게 무전기로 연락했던 겁니다.

"이런 좆만 한 새끼!"

올라가서 실내로 내려서자마자 한 남자가 구둣발로 내 가슴팍을 찼습니다. 순식간에 일격을 당한 나는 사정없이 뒤로 밀려나 나뒹굴었습니다.

"일루 와, 개새꺄!"

나는 비틀거리며 일어서서 다가갔습니다. 그러자 남자는 또다시 내 가슴팍을 내리찍듯 갈겼습니다. 나는 그 자리에서 쓰러졌다가 몸을 일으키며 주저앉았습니다. 남자가 내 곁에 다가오더니 권총을 꺼냈습니다. 하얗게 은빛이 나는 권총을 내 관자놀이에 쑤셔 넣을 듯이 갖다 댔습니다.

"계엄 선포 났다, 개새꺄! 너희 같은 놈들 하나 죽어도 아무도 몰라, 이 개새꺄!"

남자는 말끝마다 욕을 달았습니다. 두려움보다 느닷없이 닥쳐온 상황이 아득했습니다. 갑작스럽게 닥친 일이 현실 같지 않았던 겁니다. 도대체 내가 무슨 일을 했다고 이 사람들이 나를 죽이겠다고 하는지도 알 수 없었습니다. 나는 그날 학교에 있던 친구들과 함께 경찰서로 끌려갔습니다.

경찰서 안은 그야말로 난장판이었습니다. 유치장이 꽉 차서 학생들은 짐 보따리처럼 그냥 경찰서 안에 내던져졌습니다. 사복을 입은 경찰들은 우리를 경찰서 안에 쑤셔 넣고 자기들 일로 분주히 돌아다녔습니다. 나는 그들을 지켜보다가 슬그머니 경찰서를 빠져나와 밤새도록 도망쳤습니다. 몇 시간을 달려 친구 집에 도착했습니다. 다음 날 신문을 보니 '전국 비상계엄 선포'라는 활자가 신문 1면에 대문짝만 하게 박혀 있었습니다. 학교와 관공서는 군인들이 탱크를 몰고 점령해서 들어갈 수가 없었습니다.

민주화의 봄을 맞이하고 싶었던 학생들은 다시 엄혹한 겨울에 몸을 움츠리듯 숨어 버렸습니다. 민주주의는 다시 군홧발에 짓밟혀 목소리를 잃어버렸습니다. 사람들이 모두 숨어서 개탄하고 있을 때 광주 전남대학교에서 '계엄 철폐'를 외치는 시위가 벌어졌습니다. 그리고 며칠 지나자 광주에서 수많은 사람들이 죽어 가고 있다는 소리가 들려왔습니다. 정부는 그들을 폭도라고 규정하고, 빨갱이라고 매도했습니다. 나는 친구들과 광주로 가기 위해 고속버스 터미널로 달려갔습니다. 그러나 광주로 가는 모든 버스는 운행이 중단됐고, 광주로 들어가는 모든 길목은 군인들이 차단하고 있었습니다.

올해는 4·19혁명 60주년, 광주항쟁 40주년이 되는 해입니다. 세월이 흘러도 잊지 말아야 할 역사적 사실을 다시 되돌아보기 위해 여섯 편의 소설이 만들어졌군요. 이 소설들을 읽으니 오래전 기억들이 새삼 가슴에 사무쳐 눈시울이 뜨거워집니다.

박효명 작가의 「슈샤인 보이」를 읽으면서 기억도 가물가물한 김주열 열사를 다시 떠올렸습니다. 김주열은 1960년 마산고등학교에 입학한 학생이었습니다. 그는 이승만 대통령의 3·15 부정 선거 규탄 시위에 참여했죠. 그러다가 행방불명이 됐는데, 27일이 지나 마산 중앙부두 앞바다에서 시신으로 떠올랐습니다. 그런데 끔찍하게도 그의 눈에는 알루미늄 최루탄이 박혀 있었습니다. 사람들은 그의 시신을 보며 울부짖었고, 부정 선거를 규탄하며 시위에 나섰습니다. 그게 바로 4·19혁명의 시작입니다.

이 소설에는 구두닦이 소년 '광식'이 등장합니다. 가난하지만 자기보다 남을 먼저 생각하고, 개인의 삶보다는 밝은 사회를 꿈꾸는 소년입니다. 그는 낮에는 일하고 밤에는 야학에서 사람들과 함께 유인물을 만듭니다. 진실을 알고자 하는 많은 사람들은 그가 만든 유인물을 보고 결집합니다. 그런 광식에게 22세기에서 온 또 한 명의 소년이 접근합니다. '광명 작전'을 수행하기 위해 미래 사회에서 파견된 '소다'입니다. 세상을 바꾸려는 광식과 과거를 바꾸려는 소다의 만남이 흥미롭습니다.

"구두 광이 구두약 한 번 칠한다고 나는 줄 아냐? (……) 난 그 번쩍이는 광을 위해 약을 칠하고 죽기 살기로 문대는 거야. 지금 내가 하는 일이 몇 번째 구두약인진 모르지만, 이게 쌓이고 쌓이면 언젠가는 번쩍하고 광이 날 거 아니냐."

마지막 장면에서 광식이 소다에게 건네는 말입니다. 광식과 같은 사람들의 노력과 희생이 모이고 모여, 세상을 조금씩 앞으로 나아가게 한다는 뜻이겠지요.

2019년 10월 16일에는 '부마 1979, 위대한 민주여정의 시작'이라는 슬로건으로 부마민주항쟁 40주년 기념식이 치러졌습니다. 그리고 국가 기념일로 지정이 되었지요. 하명희 작가의 「손수건」은 '부마민주항쟁'을 소재로 합니다.

가족과도 멀리하고 평생 홀로 살아온 아빠, 걸어서 10분 거리도 오토바이를 타고 가야만 하는 아빠, 여행이라면 고개를 저어 대는 아빠, 사람들과 어울리지 못해 밥 먹고 일하고 잠자는 생활만 하는 답답한 아빠입니다. 윤아는 아빠의 오토바이 소리도, 아빠가 던지는 말 한 마디도 듣기 싫어서 아빠가 들어오는 시간에 맞춰 호른을 붑니다. 엄마도 아빠와 사는 게 지긋지긋해져 이혼을 꿈꿉니다. 결국 아빠는 엄마와 싸우고는 집을 나가 버립니다. 그리고 부마항쟁 40주년 기념식이 열리던 그날, 텔레비전 뉴스에서 아빠를 봅니다. 뉴스를 통해 아빠가 부마항쟁 당시 가장 어린 나이에 무자비한 고통을 당한 피해자라는 사실과 아빠가 현재를 살아가는 삶의 방식이 과거의 상처 때문이라는 걸 알게 됩니다.

"(……)그래서 그렇게 답답하고 고지식하고 자기만 아는 사람이 되어 버린 걸까. 가족 여행도 못 가고, 낯선 곳에도 못

가고, 그걸 감추려고 화를 냈던 걸까. 10분밖에 안 되는 거리를 오토바이를 타고 다니면서 누가 잡으러 온다는 무서움을 참았던 걸까. (……)"

엄마와 윤아는 미처 건네지 못한 손수건을 챙겨 들고 아빠를 만나러 마산으로 갑니다. 40년 전 길을 잃은 열다섯 살 아이 같은 아빠를 만나러 갑니다.

전혜진 작가의 「너의 손을 잡고서」와 표명희 작가의 「생일빵」은 광주민중항쟁을 소재로 삼은 작품입니다. 「너의 손을 잡고서」의 미경은 고등학생 때 광주 시민들이 공권력에 짓밟히고 죽임을 당하는 광경을 목격해야만 했습니다. 「생일빵」의 큰아빠는 스무 살에 군에 입대해 국가의 명령으로 광주 진압에 투입됐습니다. 시민과 군인, 그들의 처지는 달랐지만 모두 1980년 5월 18일에 광주에 있었고, 그로 인한 트라우마를 안은 채 살아가고 있습니다.

미경의 고향은 광주입니다. 군사 정권은 광주 시민들을 무참하게 학살하고, 북에 협조하는 빨갱이로 몰았습니다. 항쟁이 끝나고 나서도 광주 사람들은 빨갱이에 위선자에 사기꾼 취급을 당해야 했습니다. 미경은 이런 차별을 딛고 고등학교 양호 교사가 됩니다. 같은 학교 교련 교사 영길은 '월남 참전 용사' 출신이라고 뻐기는 '재수 없는 인간'입니다. 영길이 여학생을 대하는 태도는 지금이라면 스쿨 미투에 해당하는 행동들이죠. 어느 날, 교문에서 생활 지도를 한답시고 영길이 학생들을 대하는 태도와 성추행이라고 할 법한 행동에 미경은 '분노의 가방 킥'을 날리고 학교를 떠나게 됩니다. 그 뒤로도 미경은 열심히 살아갑니다. 부지런히 일하고, 쉬는 날이면 거리로 나가고, 누구든 손을 잡아 주어야 할 일이 생기면 그 옆에 서서 힘을 보탭니다. 다시는 그런 일이 일어나지 않기를 바라는 마음으로 다른 사람들과 연대의 손을 잡습니다.

민서 큰아빠는 군대에 다녀오고 나서 이상해졌습니다. 밖에도 나가지 않고 방에 틀어박혀 멍하니 벽만 바라봅니다. 가족들은 영문을 몰라 애를 태우지만 큰아빠의 시계는 40년이 지나도록 멈추어 있습니다. '사람 환장하게 만드는 달'. 민서 할머니는 5월을 그렇게 부릅니다. 1980년 5월 15일, 군대 간 아들 생일에 맞춰 5단 찬합 음식을 준비해 면회 다녀온 게 '멀쩡한' 아들을 보는 마지막이 될 줄은 몰랐을 겁니다. 생일이 지나고 며칠 후 아들이 광주항쟁 진압에 투입될 것도 몰랐겠지요.

"그걸 어떻게 보상해! 국가가 어떻게 보상하느냐고! 돈으로? 웃기지 말라고 그래!"

국가가 5·18 민주화운동 관련 보상을 해 준다고 하자 긴긴 침묵을 깨고 큰아빠가 울부짖듯 외친 한마디입니다. 스무 살

청년이 쉰아홉의 배 불룩한 중년이 될 때까지 악몽에서 벗어나지 못한 채, 큰아빠는 그렇게 40년을 살아온 겁니다.

「너의 손을 잡고서」의 영길처럼 폭력과 살인을 미화하고 군사 문화를 찬양하는 사람이 있는가 하면, 「생일빵」의 큰아빠처럼 한평생을 트라우마에 시달리며 살아가는 사람도 있습니다. 같은 국민을, 민주주의를 염원하는 사람들을 진압하고 죽이기도 했다는 사실에 괴로워하며 살아가는 민서 큰아빠 같은 사람들이 실제로 있습니다.

「너의 손을 잡고서」의 미영과 「생일빵」의 큰아빠처럼 국가 폭력이 만들어 낸 상처는 세월이 흘러도 쉬이 아물지 않습니다. 그리고 광주항쟁의 진실은 아직도 제대로 밝혀지지 않았습니다. 광주항쟁 40주년을 맞는 올해, 광주항쟁의 진실이 명명백백하게 밝혀지기를 바랍니다.

정미영 작가의 「분홍 토끼를 위하여」는 요즘 청소년들이 겪는 이야기입니다. 하늘고등학교 방탄소년단 팬클럽 '아미'와 자율동아리 '잠수함 토끼'가 주도해 쓰레기 급식에 대해 학교에 문제를 제기하는 내용이지요. '잠수함 토끼'는 루마니아의 작가 게오르규가 "시인의 임무는 잠수함 속의 토끼와 같다."고 말하면서 널리 알려진 비유입니다.

아이유를 좋아하는 국진찬은 아미인 새롬을 좋아해서 아미인 척 위장합니다. 그래서 아미와 잠수함 토끼들만 받을 수 있는 행동 지침 문자를 받지요. 학생들은 점점 본격적인 행동을 준비하고, 선생님들은 학생들의 움직임을 사전에 저지하려고 합니다.

국진찬은 적극적으로 행동에 나서지 못하고 주저합니다. 할머니의 말이 떠오르기 때문입니다.

"네 할아버지처럼 남 일에 나서지 마라. 네 아비처럼 원망으로 인생을 낭비하지 마라."

고등학교 교사였던 할아버지는 광주항쟁 때 시위에 참여한 학생을 찾으러 나섰다가 실종됐습니다. 할아버지의 부재로 인해 고단한 삶을 살아야 했던 아빠는 부모와 세상을 원망하며 살았습니다. 자신을 위해 고생하는 할머니를 위해서라도 지금 벌어지고 있는 일에 관심을 끊고 얌전히 교실로 가야 하지만, 국진찬의 발걸음은 옥상으로 향합니다. 옥상에서 운동장을 내려다보니 아이들이 배를 잡고 뒹구는 플래시 몹을 하고 있습니다. 그리고 학교 건물을 바라보니 본관 창문이 보라색 카드 섹션으로 물들어 있습니다.

불량 급식 반대 행동에 나서려는 학생들과 이를 막으려는 교사들. 그 사이에서 수많은 고민과 갈등을 겪은 끝에 결국 자신이 어떻게 행동해야 할지 결심한 국진찬은 그 모습을 스마트폰에 담아 SNS를 통해 세상 밖으로 내보냅니다.

정도경 작가의 「행진」은 또다른 4·19일 수도 5·18일 수도 있는, 공권력에 의해 감시당하고 국가 폭력에 희생되는 도시를 다룬 소설입니다. 이 소설에 등장하는 도시는 국가가 모든 것을 감시합니다. 공권력은 그 사회에 순응하지 않는 사람들을 찾아서 잔인하게 죽입니다. 어떤 사람들은 도시에서 도망쳐 보지만, 도망친 곳에서도 그들은 외면과 멸시를 당합니다. 이름과 말투까지 바꿔도 그 도시 바깥 사람들은 단박에 그들이 어디에서 왔는지 알아챕니다.

"(……) 이 도시 출신의 '냄새'가 난다고 바깥 사람들이 비아냥거렸다고 했다. 이곳을 떠나도 그 '냄새'는 우리를 따라다녔고 그 '냄새'를 맡은 바깥 사람들은 어떻게든 우리에게 일자리도 지낼 곳도 주지 않으려 했다. 우리는 반역자이고 폭도이고, 더럽고 위험한 전염병이자 쓰레기였고, 우리의 등에는 보이지 않는 낙인이 찍혀 있으며(……)"

「너의 손을 잡고서」에 등장하는 전라도 사람들이 당한 차별이 떠오릅니다. 또한 매일같이 아이들이 사라지는 장면에서는 세월호의 죽음이 떠오르기도 하고, 고립된 채 싸움을 이어 나가는 노동자들의 투쟁이 떠오르기도 합니다.

그래서 '나'는 군인과 탱크가 이 도시를 점령하고 엄마가 사라진 지 10년이 되는 날, 바로 내일 행진을 하려고 준비합니다. 도시에서 도망치지 않고 살 권리, 두려워하지 않고 살 권리, 가까운 누군가를 배신하지 않아도 안전하게 지낼 수 있는 권리, 사람답게 살 권리를 위해 싸우기로 결심합니다.

역사가 중요한 것은 우리의 과거가 어떤 모습인지 볼 수 있게 해 주기 때문입니다. 어느새 4·19혁명이 일어난 지 60년, 부마민주항쟁과 5·18광주민주항쟁이 일어난 지 40여 년이 흘렀습니다. 과거 우리의 얼굴은 참으로 어둡고 처참했습니다. 그러나 수많은 사람들의 희생이 있었기에 우리는 지금의 얼굴을 가질 수 있게 됐습니다.

우리가 겪어 온 과거가 묻어 있는 소설들. 『5월 18일, 잠수함 토끼 드림』에 실린 소설들은 한결같이 말하고 있습니다. 우리의 현재는 과거의 어두움을 청산하며 이루어진 것이라고. 우리의 밝은 미래는 그런 과거를 거울삼아 현재를 잘 만들어 갈 때 비로소 이루어진다고.

아직도 우리 사회 곳곳에서는 힘들고 고통스러운 비명이 들려옵니다. 국가는 경제 대국으로 나아간다고 하지만 청년들은 사는 게 힘겹다고 암울해합니다. 일자리를 구하기 어려워 비정규직, 알바직, 계약직이라도 구하려고 애씁니다. '헬조선' '이생망'이라고 표현하며 절망하기도 합니다. 도대체 왜 이런 일이 벌어지고 있을까요?

여러분이 원하든 원하지 않든 앞으로의 사회는 지금의 젊은이들이 만들어 가야 합니다. 이 소설을 읽는 청소년과 청년들에게 묻고 싶습니다.

여러분이 살고 싶은 사회는 어떤 모습입니까?

5월 18일, 잠수함 토끼 드림

초판 1쇄 펴낸날 2020년 4월 24일
초판 4쇄 펴낸날 2021년 5월 25일

지은이 | 박효명 전혜진 정도경 정미영 표명희 하명희
펴낸이 | 홍지연
총괄본부장 | 김영숙
편집장 | 고영완
편집 | 소이언 정아름 김선현 김미경
디자인 | 남희정 박태연
마케팅 | 강점원 최은
관리 | 정상희
인쇄 | 에스제이피앤비

펴낸곳 | ㈜우리학교
출판등록 | 제313-2009-26호(2009년 1월 5일)
주소 | 03992 서울시 마포구 동교로 23길 32 2층
전화 | 02-6012-6094
팩스 | 02-6012-6092
홈페이지 | www.woorischool.co.kr
이메일 | woorischool@naver.com

ISBN 979-11-90337-31-1 43810